DISTOPÍA
Cuentos de ciencia ficción del tercer mundo

Javier Suazo Mejía

Javier Suazo Mejía. Tegucigalpa, 1967. Autor de las novelas: *De gobernantes, conspiradores, asesinos y otros monstruos* (2005) y su reedición bajo el título *Entre Escila y Caribdis* (2019); *Quetzaltli, la lágrima del Creador* (2018); *El fuego interior* (2018); realizador cinematográfico con varios documentales, cortometrajes y tres largometrajes: *La hora muerta* (1989); *Toque de queda* (2012) y *Cuentos y leyendas de Honduras* (2014); músico compositor y bajista en la banda de rock Triángulo de Eva con un álbum grabado, *Cien años* (1998). En la actualidad asesora en la producción de programas de TV y realizaciones cinematográficas. Ha ganado diversos premios y reconocimientos como escritor en las ramas de cuento, novela y como guionista, ganador de tres concurso nacionales de literatura y finalista del concurso de nuevos guiones para series de ficción de la cadena Fox Latinoamérica.

DISTOPÍA

Cuentos de ciencia ficción del tercer mundo

Javier Suazo Mejía

www.casasolaeditores.com

DISTOPÍA
Cuentos de ciencia ficción del tercer mundo
Javier Suazo Mejía
Primera edición, 2020 ©
Crédito de fotografía de portada: NASA, Pixabay License, 2011
Diseño de portada de Knny Reyes
Diagramación y cuidado editorial de Óscar Estrada
164 páginas, 5.25" x 8"
SBN-13: 978-1-942369-44-8
ISBN-10: 1-942369-44-1
Impreso en Estados Unidos.

casasolaeditores.com
info@casasolaeditores.com

Un comentario antes de viajar al futuro…

El paraíso no es para todos. El título de este cuento resume, quizás con demasiada precisión, el nuevo libro de Javier Suazo Mejía.

Cuando éramos niños avizorábamos el futuro con esperanza. Ahora lo percibimos como una amenaza.

Recuerdo las viejas series de televisión en las que la pantalla se llenaba de autos voladores y de personas sonrientes enfundadas en sus trajes plateados. Para obtener comida bastaba con apretar un botón y para combatir una enfermedad, el médico solo tenía que apuntarnos con su pistola de rayos curativos.

Nada de eso ocurre en los relatos de Suazo Mejía. Los niños todavía deben salir a buscar agua y el crédito no se obtiene de un banco, sino que de un peligroso prestamista. Por supuesto que la ciencia ha avanzado; pero nosotros hemos sido demasiado lentos y demasiado pobres para alcanzarla.

En algún momento Arthur C. Clarke se quejó de que el futuro ya no era el mismo de antes. Luego de leer las historias de Javier Suazo Mejía podemos disentir y aceptar con amargura que, para nosotros, los que habitamos en la región menos transparente del aire, el futuro será siempre el mismo.

Kalton Harold Bruhl

Premio Nacional de Literatura «Ramón Rosa», 2015,

Honduras.

A mi padre, José Antonio,
quien me enseñó a tener un pie en el cielo
y otro, firme, en la tierra…

-1-

Pre-apocalipsis

Las tres leyes de Asimov

El doctor Munguía introduce el chip en la ranura, clava los ojos en el monitor y espera. Doscientos treinta mil dólares, piensa, parte de la plata que le dieron por la casa, lo que sacó de la cuenta de ahorros de su hija Ranya, más el dinero que le prestaron los colombianos. Los colombianos. «Si esta mierda no enciende, todo se va al carajo y tu próximo domicilio va a ser el cementerio», le dice la voz en su mente.

El monitor holográfico sigue sin mostrar cambio alguno. Un frío intenso asciende por su espalda.

Solo vos podías ser tan estúpido de continuar con el proyecto después que la universidad te quitó la subvención. Ellos son más sensatos que vos, ¿cómo iban a tirar el dinero en algo tan descabellado como el modelo L1-LTH, o Lilit, como te gusta llamarle.

«Los colombianos», vuelve a pensar, entonces, reflexiona en que lleva dos semanas escondido. Los colombianos deben estar emputados, pero cuando reaparezca con Lilit y les muestre todas las posibilidades económicas que significa su robot, lo van a perdonar. También Ranya, y Estela, su mujer, o ex mujer, para ser más preciso, todos lo recibirán con brazos abiertos.

Fue una fortuna contar con el equipo del Robot-Lab de la UNAH, la Universidad Autónoma de Honduras. Sin ellos no habría llegado tan lejos. Eso le permitió terminar el proyecto con el equipo portátil, en aquella casa oculta entre los pinares de La Esperanza, cuando las autoridades universitarias le anunciaron el cierre de la unidad y le ordenaron abandonar las instalaciones para dar paso a la auditoría que le están practicando en ese momento. Va a faltar dinero, mucho dinero, lo sabe, el descubrimiento del mal manejo de los fondos es un tema que ya no le preocupa, si Lilit se activa, por supuesto. Pero el monitor sigue en blanco y la barra de progreso de carga continúa detenida en 0%.

Un ruido en el exterior atrapa su atención. Se escucha como el mecanismo de desplazamiento de un auto eléctrico. Se levanta de la mesa de trabajo y va hacia la ventana. Observa con detenimiento, oculto tras las cortinas, tratando de no delatar su presencia en la cabaña. No hay nada. El rumor debió venir de la carretera, aunque está lejos y no suelen transitar muchos vehículos por esa zona.

¡Clank!

Voltea sobresaltado por el ruido a sus espaldas. El programa ha comenzado a cargarse a mayor velocidad. La barra indica un 25%. Un brillo intenso se apodera de los ojos del doctor Munguía.

Vuelve rápido a la mesa de trabajo y clava la vista en el monitor holográfico. Los sistemas de Lilit se están activando. Para Munguía es como si le quitaran de la espalda una tonelada de angustia. Las luces del tablero se desatan en un frenesí de colores, bip, bip, bip, suenan los indicadores inyectándole una sobredosis de adrenalina al doctor. Deja de pensar en Ranya, en Estela, en los auditores de la UNAH y en los colombianos. Sus manos sudan. 34%. Los protocolos de acción del robot se han cargado, al fin, el sistema comienza a ejecutarlos.

Le ha tomado treinta años, cinco meses y dos días desarrollar aquel chip que convertirá a Lilit en el robot más avanzado del mundo. No lo lograron los japoneses, ni los gringos, mucho menos los chinos, ni los rusos, y todo gracias a una bendita coincidencia que permitió el desarrollo de aquel pequeño dispositivo de inteligencia artificial que hará que Lilit tenga un desarrollo cognitivo de alta aceleración, lo que a su vez la convertirá en el primer androide con sentimientos en la historia universal.

64%.

Un indicador capta su atención. Hay un imprevisto y leve aumento de temperatura en uno de los circuitos, pero el doctor le resta importancia, todo está dentro de los parámetros esperados. El avance de la carga muestra 76%.

En el momento predeterminado por el manual de activación que él mismo ha preparado, Munguía pone en funcionamiento el «sistema de vida» del robot y se planta frente a la máquina.

No puede dejar de sentirse orgulloso, aunque aún no están terminados y no tienen tanta sofisticación los rasgos del androide, su rostro está completo, es de una belleza helénica casi humana; costó mucho dinero y tiempo lograr la piel sintética que cubre la cara de facciones femeninas. Pero no fue suficiente para terminar de tapar el cráneo pues prefirieron utilizar el material disponible en la piel del tórax, le crearon unos pechos de mujer muy realistas, de mediano tamaño y silueta curvilínea, con una aureola de sutil color caramelo, grande, rodeando dos tímidos pezones que apuntan firmes hacia el frente.

92%.

La puerta de la cabaña se abre con violencia. Munguía voltea ante el estrépito. ¡Los colombianos!

—Puta doctor, la cagó —dice con tono de compasión el que entra de último, un hombre alto, galán, de ojos fríos color de cielo plomizo. Habla sin alterarse, cada palabra le sale como el ruido de una piedra que rueda.

—Voy a pagarles, solo necesitaba echar a andar esta máquina y lo hice. Ahora me van a dar mucha plata por ella y voy a poder devolverles hasta tres veces lo que me prestaron —el doctor ha levantado las manos sin que se lo pidan, su voz es temblorosa, su rostro ha perdido todo el color y está cubierto por un sudor helado.

100%.

Los dos hombres que han entrado primero lo encañonan, uno con una escopeta recortada y el otro con una pistola automática. El doctor no sabe mucho de armamento así que ignora el calibre y la marca de las armas, además, ¿eso que importa si igual te van a matar?

—Mire, profe, la cosa no es así de sencilla —dice el hombre galán con los ojos de invierno—, hay un tema bien importante con la reputación. ¿La reputación, entiende? Parte del éxito de mi negocio depende de que la gente sienta el compromiso de pagarme. ¿Sabe cómo consigo que ellos sientan ese compromiso? Con la re-pu-ta-ción. ¿Correcto? Tengo la fama de hacer que todos me paguen, con plata o con sangre. De esa manera nadie me falla, fíjese, nadie hasta ahora que usted se ha atrevido.

El doctor Munguía siente arena en la garganta, le cuesta respirar, tose.

—Hace dos semanas tenía que depositarme lo acordado —continúa diciendo el colombiano—, yo le expliqué bien las consecuencias de no hacerlo. No solo le bastó faltar a su palabra, para acabar de joderla intentó esconderse. Eso no se puede tolerar.

El de la escopeta le suelta al doctor un inesperado golpe con la culata del arma. El impacto da de lleno en la mandíbula, un crujido se extiende por toda su quijada, cae al suelo de madera de la cabaña y escupe sangre.

—Hola, gracias por activarme. Soy el modelo L1-LTH.

Las súbitas palabras de la robot dejan estupefactos a los pistoleros. El doctor yace aturdido, con un hilo, viscoso y rojo, cayendo de sus labios al suelo. Intenta levantarse, pero es en vano.

El hombre con la mirada de plomo mira incrédulo a la máquina que acaba de hablar.

—¿Usted hizo esta cosa? —dice mostrando, por primera vez, cierta emoción en su voz.

—Se llama Lilit —logra articular Munguía.

—¿Y qué puede hacer?

—Pensar —dice el doctor y escupe un esputo de sangre.

El colombiano contiene la carcajada que se le ha formado en la barriga.

—¿Y eso que tiene de extraordinario? ¿No piensan los robots?

Munguía se afianza en el borde de la mesa y logra ponerse de pie, se acomoda las gafas, se limpia los restos de sangre de la boca con el dorso de la mano y responde:

—No como este, hasta ahora. La mayoría de robots han sido autómatas, siguen órdenes preestablecidas y se ciñen a ellas.

Lilit piensa y modifica sus acciones para responder de forma óptima a las diferentes circunstancias que se le presenten.

—¿Un robot que piensa? —dice el colombiano con incredulidad y sorna en la voz.

Los otros dos pistoleros se ven entre sí al detectar la ironía de su jefe y se sonríen también con burla.

—Un robot que piensa y *siente* —dice el doctor Munguía muy serio.

Los colombianos se ríen.

—L1-LTH está lista para activar el protocolo de identificación de usuario principal —dice la robot.

Antes que puedan reaccionar los asaltantes, Munguía se coloca frente a Lilit que fija sus ojos en los del doctor.

—Identificación de retina activada. Retina de usuario principal configurada en el sistema —dice la robot.

—José Munguía Oseguera —dice el doctor.

Los pistoleros están en silencio observando el ritual.

—Identificación de voz activada. Voz de usuario principal configurada en el sistema. José Munguía Oseguera, usuario principal. Gracias por activarme José Munguía Oseguera.

Los hombres vuelven a apuntar hacia el doctor. Lilit fija su mirada en las armas.

—¿Qué acaba de hacer? —pregunta el cabecilla de los colombianos.

—Es solo el protocolo de activación y reconocimiento del usuario principal de la unidad —dice el doctor con voz nerviosa.

—No quiero ningún truco, ¡Tapir! —a la voz del jefe, el más

gordo de los pistoleros, el que lleva la escopeta, levanta su cañón y lo apunta directo al rostro del doctor.

—¡Por favor, no perdamos la calma! —el doctor Munguía está al borde del llanto—. Pongámonos de acuerdo para que salgamos ganando todos.

El jefe lo observa con desconfianza y da un paso atrás.

—¿No ha oído usted de las tres leyes de la robótica? —el científico tiembla mientras habla.

—¿Qué putas es eso?

—Son reglas universales para los robots: la primera, un robot no puede dañar a un ser humano. La segunda, el robot debe obedecer las órdenes del humano excepto cuando contradigan la primera ley. Y la tercera, un robot debe proteger su propia integridad, siempre y cuando la circunstancia no contradiga la primera y la segunda ley.

—¿Bajo ningún caso puede dañarnos esa cosa?

—Bajo ningún caso —asegura el doctor.

El cabecilla de los colombianos clava sus ojos en Lilit. Su mirada denota lo atento que está a cualquier variación en la postura de la máquina.

—Bajo ningún caso —repite el hombre de los ojos grises.

—Así es —la voz del doctor muestra un poco más de calma—. ¿Podemos negociar ahora?

La pregunta no encuentra respuesta. El jefe sigue con la mirada fija sobre el robot. Después de varios segundos, voltea al fin hacia Munguía.

—¿Negociar? —dice el hombre.

—Lo que usted mira es un milagro de la ciencia, sin duda

alguna, este logro significa muchísimo dinero. Me beneficio yo y se beneficia usted.

El colombiano dibuja una sonrisa en su rostro. El gesto desata una corriente de pánico en el sistema nervioso del doctor.

—Yo puedo beneficiarme de esto solo. ¿Para qué lo necesito a usted?

Munguía sabe que podría decirle cualquier cosa, que Lilit solo funcionaría con él estando vivo, que solo su voz haría reaccionar al androide, en fin, mil razones por las que deben mantenerlo con vida hasta lograr los fabulosos ingresos que el proyecto le significarían. Pero no dice nada. El colombiano está resuelto a matarlo y nada de lo que pueda decir lo detendrá, el doctor está seguro de ello.

El colombiano baja la cremallera de su chaqueta y extrae un revólver. La mano con el arma cuelga a un costado del hombre.

—Verá doctor, le mencioné el asunto de la reputación y sigo creyendo que debo mantenerla intacta. En cuanto a su robot, no soy científico y tampoco me interesa la ciencia, me basta con poder vender al precio que tengo en mente esa chatarra y quedo satisfecho. En toda esa transacción usted sería un estorbo, no lo necesito vivo.

Sin decir más, el hombre levanta la mano con el arma apuntando al pecho del doctor, pero el revólver no dispara. En una milésima fracción de segundo, el robot se mueve, interpone su dedo pulgar metálico entre el percutor del revólver y la cámara de la bala, con la otra mano, el androide le quiebra la muñeca al jefe, le quita la pistola, le clava un codazo en la barbilla y lo lanza al otro lado de la estancia. Antes que los otros matones puedan reaccionar, Lilit le parte el cuello al gordo y al otro le abre un boquete en el pecho y le extrae el corazón. Ambos cadáveres quedan tendidos sobre el suelo de madera de la cabaña, sobre un charco de sangre.

El androide camina hacia donde yace el jefe quien respira agitado, con los ojos llenos de espanto. Lilit cierra su puño alrededor del cuello del colombiano y lo alza en vilo.

—¡Usted dijo que no atacaba a humanos! —dice con la voz ahogada por la garra metálica del robot — ¿Qué pasó con las tres leyes esas?

La mirada de Munguía es cruel y sarcástica.

—Estamos en Honduras —dice—, aquí nadie respeta las leyes.

Se escucha el crujido de la tráquea quebrada. Una mirada de espanto se dibuja en los ojos de plomo, ya cegados para siempre. Lilit abre el puño y el cadáver cae con todo su peso a los pies del androide.

—Amenaza neutralizada —dice el robot.

Munguía avanza hacia Lilit. Observa, sin emoción, el cadáver a sus pies.

«La verdad, no le he instalado los protocolos de Asimov», piensa el doctor, «y creo que por un tiempo no se los voy a activar.»

Tegucigalpa, enero 2020

E l ruido de los golpes rebotó desde la puerta del apartamento hasta el interior de su cráneo. *¿Quién golpea? ¿Dónde estoy?* Kenji abrió los ojos sobresaltado, con una escalofriante sensación de peligro, pero su mente recobró la consciencia de inmediato. Se encontraba en su «Hábitat-Uno», número 2734, ala C, edificio Comuna Carlos Roberto Reina, avenida Rambo de León, Tegucigalpa, Honduras. ¿Por qué rayos no tocan el timbre? Encontró la respuesta de inmediato: otra vez habían cortado la energía.

Recordó que era lunes *¡Día de trabajo!* La alarma no había sonado... porque cortaron la energía. Entonces, en un súbito disparo de electricidad que recorrió todo su sistema nervioso, se encendió otra alarma en su mente: la hora de entrada al trabajo. Buscó con desesperación su pulsera *OneMe21*, estaba en la mesita de noche, se la colocó en la muñeca, puso la huella digital de su dedo índice derecho sobre la superficie, aguardó la proyección sobre su antebrazo, pero apenas pudo ver la hora: las 7:48 a.m. La proyección se apagó. La *OneMe21* había quedado también sin energía. En poco menos de sesenta minutos debía estar en su trabajo.

Los porrazos sonaban con insistencia sobre la puerta.

Kenji se levantó impulsado por resortes invisibles. Cuando ya iba por el pasillo recordó que estaba desnudo. Se detuvo en el baño para tomar una toalla y se cubrió.

Quien fuera que golpeaba la puerta, parecía desesperado.

—¡Ya va, carajo! —Kenji avanzó dando traspiés y tratando de mantener la toalla en su lugar, pero a pesar de los esfuerzos, estuvo a punto de quedar en pelotas cuando abrió la puerta.

—¿Kenji Onitsura? —preguntó el individuo cuya cabeza rozaba el cielo falso. El gigante iba vestido con el uniforme de los repartidores de «Cargo Exprezzo».

Kenji estaba mudo de asombro. Apenas logró esbozar la primera frase cuando algo más cruzó por su visión dejándolo aún más atónito: el repartidor sostenía en su enorme mano derecha la característica caja de una «S3X-BaB3» ¡La *Sex Babe había llegado!*

—¿Kenji Onitsura? —insistió el gigante, su tono de voz con la clara evidencia del fastidio absoluto.

—Soy yo —dijo Kenji y recordó la hora: iba a llegar tarde a trabajar una vez más.

El repartidor le acercó su tablero electrónico y le pidió colocar la palma de la mano sobre la pantalla. Kenji obedeció con la mirada adherida a la caja. El gigante no le dio ni las gracias, giró en dirección a los elevadores y desapareció. Dejó la caja de la «S3X-BaB3» recostada sobre la pared.

Tres años, cinco meses, catorce días, ocho horas y cuarenta y nueve minutos habían transcurrido desde el instante en que oprimió la tecla digital para hacer el pedido de su Sex Babe, el modelo más avanzado de la serie L23-LTH. También, debía añadirle a ese tiempo de espera el equivalente a trece salarios ahorrados con ahínco durante otros cuatro años previos al pedido. Ahora estaba allí, esperándolo en el corredor, afuera de su «Hábitat-Uno».

¡Y ya era tardísimo para llegar a tiempo al trabajo!

Pensó en llamar para excusarse con alguna mentira, pero recordó que su *OneMe21* estaba sin carga. Se resignó por un instante, tomó la caja y la llevó al pequeño desayunador que se confundía con la salita. Decenas de juguetes de su saga de ciencia ficción favorita fueron los únicos testigos. Rompió con ansiedad todos los sellos hasta que abrió de par en par las hojas que cerraban aquel cajón que, de alguna manera, le recordaba a un féretro. De hecho, en el interior, envuelto en plástico cuajado de burbujas de aire, yacía el cuerpo.

Fue un instante místico. Quitó la envoltura con la lentitud de un ritual que ya había oficiado miles de veces en su mente, a lo largo de siete años, cinco meses, catorce días, ocho horas, cincuenta y un minutos. El silencio se derramó como plomo viscoso sobre su humanidad cuando terminó de desenvolverla. Los ruidos, que gobernaban el mundo a veintisiete pisos por debajo de él, se desvanecieron en reverencia ante aquella liturgia.

Comenzaba la celebración del final de sus solitarios días de onanismo inagotable.

Pero el tiempo seguía avanzan—

Kenji acalló el reclamo de su conciencia burocrática.

Se mantuvo extasiado ante aquellos ojos almendrados, teñidos del color del césped tierno que brota al inicio de la temporada de lluvias. Siguió con la vista cada hebra de los cabellos de sedoso rojo-castaño que enmarcaban aquel rostro perfecto. Los labios llenos, de pálido color rosa, entreabiertos, esperando el beso de la vida. El cuello largo, de sensual curvatura. Los pechos llenos, de aureola amplia con el tono de la leche con café. Manos deliciosas, de cremosa suavidad. La cintura estrecha, las caderas generosas. El pubis coronado por una pequeña mata de color semejante al de la cabellera y en su base, apenas insinuados, los labios de la vulva que tantos sueños húmedos le había provocado.

No pudo evitar imaginarse entre el delicioso par de piernas que se prolongaban hasta el infinito, o verse a sí mismo lamiendo aquellos pies tan precisos en su trazo.

¡La hora, Kenji, la hora!

¡A la mierda la hora!

Kenji Onitsura se estremeció al sacar a su *Sex Babe* de la caja-ataúd y tomarla entre sus brazos. No pudo evitar las lágrimas que cayeron en cascada de sus ojos. La abrazó con fuerza, la acarició con ternura, la apretó contra su pecho palpitante, incapaz de contener la emoción.

Tras varios segundos en aquel abrazo, una idea cruzó por la mente de Kenji: *No puede llamarse Sex Babe, debo ponerle un nombre.* Así que cuando la sentó sobre el sofá, desnuda en toda su gloria, majestuosa en su aura de deidad greco-latina, pronunció el apelativo que había escogido para su amada por encargo:

—Aura… —dijo aquella palabra como una oración de fe, se inclinó sobre su rostro, y descendió en vuelo suave sobre los labios entreabiertos de su diosa.

Las campanitas de la señal de inicio del sistema le dieron al acto una atmósfera celestial. Los ojos de primavera adquirieron el brillo de la vida. Un aliento dulce a sándalo e incienso llegó hasta el olfato excitado de Kenji, mientras una mano, en vuelo de mariposa, se alzó hasta su mejilla acariciándolo con el toque divino que tanto había anhelado.

—Hola, Kenji. Soy tu unidad S3X-BaB3 —dijo ella con

una voz que le recordó a la brisa suave entre la copa de los pinos—. Puedes llamarme como gustes.

—Aura —volvió a decir Kenji con emoción—, tu nombre es Aura.

—Mi nombre es Aura —repitió el androide—, *y soy tuya.*

Kenji sintió su cuerpo pasar del estado sólido al cremoso. Volvió a besarla y ella cedió con dulce entrega. La muñeca dejó que él la besara todo lo que quiso y todo lo que pudo, hasta que al final…

¡Onitsura, la hora!

La contempló una vez más y acarició uno de sus pezones.

—Kenji, debes iniciar de inmediato el proceso de recarga ya que solo cuento con la energía básica para darte el saludo inicial —dijo Aura.

Una sombra de alarma se posó sobre el rostro de Onitsura. Al instante buscó en la parte baja de la espalda de Aura el punto de presión, lo oprimió activando la apertura del centro de carga oculto. Sacó el cable de conexión y enchufó la unidad al tomacorriente. Salió en carrera rumbo al dormitorio, urgido por la incómoda certeza de las obligaciones por cumplir, pero antes de llegar al corredor se detuvo. Kenji regresó sus pasos en dirección a ella, se inclinó y con una ternura inmensa, de mil amores encadenados que, de súbito, han sido puestos en libertad, besó sus labios.

Diez minutos más tarde, en la estación del Trans450, Onitsura intentó activar su *OneMe21*, pero fue inútil, estaba sin energía, como estaba también su apartamento y el enchufe en donde había conectado a su amada Aura, la cual seguiría sin potencia las próximas setenta y dos horas, el tiempo que requeriría el personal de la compañía eléctrica para limpiar las turbinas nucleares de los restos de docenas de cadáveres de los manifestantes, quienes se habían inmolado a sí mismos en protesta por el daño ambiental que producía la central atómica. Para que Kenji pudiera tener la noche apasionada que tanto había soñado desde hacía siete años, cinco meses, catorce días, nueve horas, y trece minutos, tendría que esperar setenta y dos horas más… si es que no lo obligaban a reponer la hora extra por la tardanza de ese día.

Tegucigalpa, febrero 2019

El paraíso no es para todos

¡Maluvi, andá a traer agua a la llave comunal!, le grita su madre desde el patio en donde tiende la ropa. La niña toma la palangana roja, hay fastidio en su rostro, pero no dice nada. Afuera, la calle está agitada, el presidente de la República ya está en la comunidad, inaugurando la nueva escuela tecnológica, dicen que va a dar un discurso para toda la barriada, ¿será para eso que han construido un entarimado en el muro exterior de la escuela? Maluvi apura el paso, quiere acabar pronto con el mandado para poder ir a curiosear. Un chico alto y delgado choca con ella, por poco la hace caer, pero no se detiene para disculparse. ¡Maleducado!, piensa Maluvi viéndolo con mirada hosca.

A Íker no le importa más que acercarse a la tarima cuanto antes. No le teme a la escolta de seguridad del presidente, sabe que su cara de niño, y sus apenas trece años, le permitirán pasar desapercibido entre los guardias sin que estos sospechen que lleva veinte libras de explosivos y clavos de acero encima. Esta mañana se muere el hereje, el amante de los robots LTH, piensa Íker, sus ojos destellan una abigarrada mezcla de gozo, odio y fanatismo.

Media hora antes, el apóstol Gamaliel le impuso manos, oró para que el gran Líder Celestial lo recibiera en el Jardín De Odom, paraíso de delicias, y lo despachó en aquella misión que acabaría de una vez por todas con la herejía tecnológica que pretendía suplantar al hombre, obra perfecta del Líder Celestial, por máquinas imperfectas, sin alma.

Ahora Íker camina con paso firme y alegría homicida en dirección al tablado en donde el presidente dará su discurso.

Maluvi, ya está en la llave comunal llenando el balde con aquella agua de color marrón claro, que llega una vez a la semana para una ranchería de doscientos siete habitantes, mientras piensa que será emocionante ver en persona al presidente, a quien solo mira en la *SmartWall* de la tienda de abarrotes cada vez que emiten una cadena nacional.

Íker consulta su pulsera *OneMe21*, ha llegado a tiempo. El presidente aún está en la escuela y debe faltar poco para que salga a la tarima. Para su alivio, comprueba de que casi todos los que están allí son activistas del partido oficial. «Será más fácil», se dice a sí mismo, «todos son herejes y aman a los robots, mientras menos inocentes, mejor. Muerte a los inmundos».

Maluvi va de regreso a casa con la palangana roja sobre su cabeza, puede sentir las piedrecillas de la calle de tierra bajo sus viejas sandalias. Hace calor, las gotas que a ratos rebalsan de la palangana, la refrescan de a poquito.

A Íker se le erizan los vellos de los brazos. El presidente ha salido de la escuela y avanza hacia la tarima escoltado por los miembros de su seguridad, correligionarios políticos, autoridades de la Secretaría de Educación, maestros de la escuela y representantes de los padres de familia.

Maluvi los ve, ¡se va a perder el discurso del presidente! Por nada del mundo. Con su recipiente de agua sobre la cabeza, la niña se abre paso entre la concurrencia y se instala cerca de la tarima, y de Íker.

Un hielo repentino congela las venas del muchacho. Mira a

la chica de la palangana roja y su determinación de reventar en mil pedazos se le escarcha en el alma. La reconoce. Es la hija de la mujer que lava ropa para su mamá. «*El amor del gran Líder Celestial es el más valioso de todos, ni la madre, ni el padre, ni los hermanos deben estar sobre él si deseas cruzar las puertas del Jardín de Odom, solo los justos atraviesan sus umbrales*», a Íker le parece estar escuchando aún las palabras que una hora antes le dijo el apóstol Gamaliel. Pero él conoce a la pequeña, no puede eliminar ese hecho de su mente. El director de la escuela inicia las palabras del día en la tarima. Los drones de seguridad sobrevuelan el lugar.

Maluvi evalúa volver a casa cuando mira que no es el presidente quien habla, es el director de la escuela y a él ya está aburrida de escucharlo. Pero decide quedarse, si su madre la ve es muy posible que la mande a realizar alguna otra faena y eso hará que se pierda el discurso del presidente.

Íker está sudando, sabe lo peligroso que eso es; el sistema DK del circuito de explosivos es muy sensible, fue diseñado para condiciones extremas en la colonización de Marte y lo usaban los robots L50-LTH para la construcción de minas y demolición de escollos. El apóstol compró una dotación robada porque desea un dispositivo que se active con una orden neuronal, de esa manera no puede ser desactivado, y si disparan contra el portador, el interruptor arranca de forma automática y hace explotar la carga. Busca en todas direcciones solo para darse cuenta de que ya no hay salida. Los drones lo ponen nervioso, siente que lo observan. En algún lugar, no lejos de ahí, está la camioneta de seguridad con el panel de monitores en donde su imagen escuálida y alargada debe verse con toda claridad. La niña sigue a su lado, con la palangana de agua y la sonrisa de boba.

28

Maluvi mira al chico alto y flaco que se le acerca, es el que casi la tira al suelo hace un rato. Reconoce su rostro, se trata del hijo de la enfermera, la mujer a la que su madre le hace la colada martes y jueves.

El ministro de Educación ha comenzado a hablar en el estrado. Dentro de poco le tocará el turno al presidente.

—¡Niña, tu mamá debe estar esperando que le llevés el agua! —le dice Íker.

—Quiero ver al presidente —dice la niña.

—¡Hacé caso, andate para tu casa!

—Ve, ¿y por qué me hablás así?, no sos ni mi tata, ni mi nana.

—¡Que te vayás te digo!

Un estremecimiento helado recorre el cuerpo de Íker.

La niña lo ignora y fija su mirada en el escenario.

—Tu mamá ocupa el agua —la voz de Íker no puede ocultar el pánico que la envuelve.

Maluvi vuelve la vista hacia el muchacho y lo observa con sospecha.

—Ocupo que ella termine de lavar rápido —el muchacho trata de sonar lo más convincente posible, pero sabe que no lo ha logrado, se lleva la mano al bolsillo y saca un billete morado de quinientos lempiras —. Te voy a dar esto para que se lo llevés a tu mamá y le digás que se apure con la ropa de la enfermera, que le urge para hoy en la tarde.

Quinientos lempiras no es mucho dinero, pero sí es una buena cifra para una niña como Maluvi. Sin embargo, a pesar del billete frente a sus narices, ella no se mueve.

—Hoy es miércoles dice Maluvi.

El presidente toma el micrófono.

—¿Cómo? —pregunta Íker en estupor.

—Mi mamá no le lava hoy a la enfermera, hoy es miércoles, ella le lava martes y jueves. Además, el presidente ya va a hablar y yo quiero verlo.

—¡Agarrá el dinero y lleváselo a tu mamá o le voy a contar para que te dé cuatro buenos fajazos! —Íker está fuera de sus casillas y casi al instante se da cuenta de que eso es un error fatal, los de la seguridad lo van a descubrir.

El presidente ya está hablando.

Maluvi observa al chico, voltea hacia el presidente y de vuelta a Íker.

—Solo quería ver al presidente —dice la niña—, y ya lo vi. Me voy.

Íker siente que el gigantesco bloque de plomo sobre sus espaldas ha desaparecido en un instante. Observa a la niña alejarse, dentro de poco estará fuera del radio de impacto de los explosivos.

El presidente sigue hablando. Íker voltea para verlo a los ojos antes de activar la orden neuronal cuando una ardiente ola de fuego lo envuelve, en segundos le desprende la piel calcinada, se hace ceniza junto al resto del centenar de espectadores, el director de la escuela, el ministro de Educación y el presidente incluidos.

Pero Íker no es quien ha activado la bomba.

A unas cuadras de ahí, el apóstol Gamaliel maneja los controles del dron. En la pantalla holográfica de su señal celular puede ver las imágenes que provienen de la cámara del artefacto volador. Una gran bola de fuego cubre toda el área en donde daba su discurso el presidente. Es así como comprueba que la idea de haber colocado a un segundo militante suicida fue un buen cálculo. El hombre sonríe.

La cámara del dron se enfoca en una palangana roja, medio derretida, junto al humeante cuerpecito de una niña.

Sao Paulo, marzo 2020

Un mar de recuerdos

Un zumbido molesto llenaba sus oídos desde que volvió en sí. No pudo recordar cómo había perdido el conocimiento, pero sí se acordaba de todo su pasado hasta la mañana en que abordó la nave que lo llevaría a la estación espacial para luego transbordar al crucero con destino a Titán, la más grande de las lunas de Saturno.

Todos sus recuerdos acudieron a él en un chispazo de lucidez. Desde su primer cachorro que corría inquieto por las praderas que circundaban su hogar en Cataluña, el primer amor en el instituto de ciencias básicas, las bacanales en Ibiza, su matrimonio y subsiguiente divorcio, todo estaba en el mar de recuerdos que se proyectaban como una película en su mente, todo hasta el momento en que la mujer de traje gris se sentó a su lado en la nave.

Pero no podía ubicar su propio nombre, aunque sí rememoraba su propia imagen: un metro ochenta y cinco de estatura, complexión atlética, rostro cuajado de pecas y un pelo de llamas ardientes que coronaban su cabeza, pero sin la más remota pista de su identidad.

No tenía la menor idea de qué hacía ahí, entre los escombros. Desde que abrió los ojos sintió como se extendían los ramales de dolor por todo su cuerpo, así como el zumbido molesto que trepanaba su cerebro. Sus elegantes prendas de viaje estaban hechas girones, llenas de sangre, quemaduras y polvo.

Logró incorporarse a pesar del dolor. Echó una mirada y pudo constatar que aún estaba en el puerto espacial de Santa

Fe de Bogotá y, en apariencia, en el mismo día en que abordó la nave. El vidrio estaba hecho añicos y podía percibir el frío viento que entraba con violencia por la ventana, pero no lograba escuchar ninguno de los ruidos provenientes del exterior, solo el zumbido llenaba sus oídos.

Recordó el dispositivo *OneMe35* que llevaba en la pulsera de su muñeca; el aparato podía proyectar una pantalla holográfica en la que tendría acceso a revisar los datos de su identidad y la memoria de lo que había ocurrido esa mañana. Lo activó, pero solo aparecieron imágenes borrosas y fragmentadas; el impacto debía haber dañado el implante.

Trató de navegar en el mar de sus recuerdos para intentar captar un nombre, una pista que le devolviera su identidad, pero fue en vano, una niebla de olvido lo ocultaba todo.

En ese instante entró la mujer de gris que había estado a su lado en la nave; llevaba un subfusil de iones y una mirada mortífera que se clavó en él en cuanto entró en la oficina destruida. Apenas pudo esquivar el primer disparo. Se atrincheró detrás de un amplio escombro de *Plastiacero*, pero no le serviría de refugio por mucho tiempo. Pese al martirizante zumbido, su mente respondió con la misma agilidad de su cuerpo, tomó un trozo del mismo material y lo arrojó con suma precisión a la cabeza de la mujer; se escuchó un golpe seco y luego el ruido del cuerpo al caer sobre los escombros.

El sujeto se incorporó de inmediato, tomó el arma de su atacante, y su pulsera *OneMe35*. Activó el dispositivo y pudo ver en la pantalla holográfica lo que había sucedido en el crucero: la mujer se sentó a su lado, hizo un comentario irrelevante sobre el viaje. El comandante de vuelo anunció un retraso por el altavoz, luego pidió a los pasajeros abandonar la nave por grupos. La mujer se veía tensa, el último grupo en salir fue el de ellos. Cuando iban por la rampa de acceso, ella gritó un número: ¡*THX 1138!* Sorprendido, el hombre vio en la pantalla su reacción al escuchar el número, miró cómo le arrojaba su equipaje de mano a la mujer y emprendía carrera mientras ella le tiraba con el subfusil. Debido al congestionamiento de pasajeros, la mujer no pudo seguir disparando, pero ella y una docena más de policías lo perseguían. Pudo ver cómo él mismo atacaba a un guardia que había encontrado desprevenido en su camino; lo despojó de una pistola *Lazerblast* y una granada *Masher* e hizo disparos a los que le perseguían.

Buscó refugio en la segunda planta, en un área administrativa, ahuyentando a todos con la granada. Habría logrado huir de no ser por el tropezón, soltó la granada y apenas tuvo tiempo de cubrirse cuando esta hizo explosión. Pero seguía sin recordar quién era él y THX 1138 no le significaba nada.

Apenas desactivó la pulsera *OneMe35* cuando un fuego insoportable le derritió la piel y le borró toda consciencia. A su espalda estaban dos policías con cañones iónicos. Se acercaron a los restos de silicón quemado y titanio retorcido que era lo único que quedaba del sujeto. Uno de ellos mencionó a un androide terrorista, de la serie L100-LTH que había robado un banco de recuerdos para pasar desapercibido por los controles de seguridad. Sospechaban que viajaba a Titán para sabotear una de las principales minas y promover la insurrección de los androides mineros.

Al parecer, la compañía de chips de recuerdos había

denunciado el robo temprano y eso levantó sospechas en el Buró De Seguridad Planetaria. Las cámaras inteligentes del puerto espacial ayudaron a su rápida identificación y se desplegó todo un comando de agentes de la BDSP en Bogotá para su captura, ahora, ahí estaba, silicón quemado y titanio retorcido.

Uno de los policías se agachó y desprendió de una ranura en el cuello de metal, un pequeño chip y dijo que estaba intacto, el otro le respondió que valían una fortuna.

—¿Qué harán con el androide? —dijo su compañero.

—Lo repararán y le pondrán una memoria nueva.

—¿Un mar de recuerdos?

Su compañero quedó viendo los restos del androide y con una sonrisa irónica respondió:

—Valen demasiado como para dejarlos echar a perder.

Tegucigalpa, 2019

Uno tiene sus gustos

Lorenzo es un cuate a todo dar, me cae que sí. Cuando le dije, Carnal, vámonos para Acapulco, no lo pensó dos veces. Con sus chanclas en el morral, que su toalla, que sus zapatillas de lona blanca, que su tanga de baño, su toalla del Cruz Azul, que su ropa de jotito rico que dizque pa' la disco, su peine y ese perfume agrio que se carga, hizo un solo bulto y nos trepamos al camión que pa' luego es tarde y ya luego, luego, estábamos levantando chamacas en la playa.

De entrada, ninguna nos hizo caso, pos' ¿qué esperábamos? Todas arrugaban la nariz y se alejaban de nosotros como la peste, ¿y qué más podíamos pedir, pues, par de nacos? Pero nos divertimos un resto, mucho más en la noche, ya puestos bien pedo con la botella de ron blanco que yo había llevado y la mota que puso Lorenzo, nos sobró pa' pasarla chingón. Ya en el bailongo, dando el taconazo, unas chavas de un lugar, de a saber qué agujero en el fin del mundo, un pueblecito que dijeron que se llamaba San Juan de los Cerros, dizque como que nos olieron la yerba y se les antojó probarla, andaban cazando nuevas emociones las putitas, y como que no queríamos la cosa, les dimos, y ya luego, las teníamos bien pedo, restregándosenos todas mientras bailábamos, arrimándonos las tetas, el culo y todo, pues. Puta, la pasamos a toda madre esa vez, y no importó que ellas fueran tres y nosotros dos, acabamos cogiendo todos en un cuartito que habían alquilado en una posada de mala muerte y así, Lorenzo y yo no tuvimos que pagar cuarto. Nos pasamos a toda madre los tres días que nos alcanzó la mota, el ron dio de baja la primera noche, pero ellas compraron más botellas pa' que nos durara la pedera, pues.

Aquello se acabó, como se acaba todo lo bueno de esta puta vida, más pronto que tarde, pero lo cierto es que Lorenzo se puso a la altura, firme siempre el cabrón. Lo que quiero decir es que Lorenzo es mi cuate, más hermano que mis hermanos de sangre, y siempre me ha acompañado en todas las locuras, pues hay que disfrutar la vida. Uno tiene sus gustos, pues.

Luego, cuando se me metió la terquedad conque de que se me antojó casarme, dizque con La Chalupita, Britany, mi esposa. Le decían La Chalupita porque solo había que montársele y uno pasaba el río. Pues él, Lorenzo, fue el único que no me dijo nada malo de ella, respetó mi decisión. No tenía mucha cara de felicidad, pero no dijo nada; es un verdadero carnal y entiende que uno tiene sus gustos, y eso hay que respetarlo.

Gracias a Lorenzo, también pude conseguir un trabajo estable. Cuando salió al mercado el dizque *Plastiacero*, me convenció de tomar un curso en Técnico de Instalación de esa mierda y pos', pos' así fue como después le entramos a trabajar en la constructora del ingeniero Márquez de la Villa, y era un buen trabajo, dio para tirar, así pude conseguir un apartamentito más o menos decente en la vecindad, una casita en donde Britany podía criar bien a los tres chamaquitos que tenemos.

Todo iba como bien, más con un cuate como Lorenzo, que estaba con uno en las buenas y en las malas. Entonces, se nos vino encima toda la cadena de desgracias; primero, el terremoto, aunque nosotros lo vimos al principio como una oportunidad de más chamba: destruidos una buena parte de los edificios más viejos de la CDMX, era seguro que construirían los nuevos con materiales más seguros, como el *Plastiacero*, y eso significaba harto más chamba, pero el alegrón nos duró poco.

Los mercados de valores gringos y europeos colapsaron, y que nos cae encima una puta recesión que frenó toda la actividad económica a causa de la rebelión de robots, allá en una dizque luna de Saturno. ¡Las putas chatarras se creían humanos y estaban exigiendo sus derechos! Con eso nos cagaron a todos, pero, aunque me caigan mal, los entiendo a los putos, nosotros sabemos muy bien lo que se siente que lo jodan a uno por pinches miserables pesos, y a ellos ni les pagan, solo duran cuatro años y terminan pudriéndose en el hielo ese del espacio, por nada.

Pero uno tiene sus gustitos, pues, y, pos' ni modo, hay que chambear duro cuando se pueda para poder dárselos.

La cosa se puso muy dura, llegamos al punto en que hubo un día en que no comimos nada. Pero como siempre, Lorenzo nos volvió a salvar, yo no sé cómo le hizo con los permisos del sindicato, ni cómo convenció a don Artemio, el dueño de la compañía de taxis, pero nos consiguió una chamba como ruleteros y así pudimos hacernos alguna lana para ir tirando. Ese Lorenzo sí es un cuate.

Lo único que no hago es convencerlo de que venga a comer con nosotros más seguido, le tiene como pena a la Britany. Se pone muy como ajolotado cuando está en la casa. A mi mujer solo la mira de reojo, la cara se le pone colorada y ella solo se ríe, así como con picardía de verlo tan ahuevado.

Y esa mujer, cómo ha estado jodiendo todos estos último días, que si ya no ajusta para comer, que si los chamacos ya no tienen ropa, que si ella ya no va a volver a estrenar, que ni zapatos tiene, que si ya debemos un mes de renta. Está canijo, pero, pos' hago lo que puedo, Lorenzo lo sabe, pero esta mujer está que no para de joder, cada día más agria conmigo, más dándome lata.

Debo confesar que de la ilusión de novios ya no queda nada, es puritito páramo lo que tenemos entre los dos, pero ni yo ni ella nos animamos a terminar con todo, menos en este tiempo tan malo, y, pos', ahí vamos tirando. De todos modos, yo ya me tengo mi segundo frente, un cuerazo que parece de cabaret, es sirvienta allá en una casa de Las Lomas y está bien buena. El mismo Lorenzo me la presentó, no me explico cómo no se la quedó para él mismo, por mí, mejor, ahora la cosa estaba relajada para aquí, su servidor, mientras me cojo a esa vieja que está rebuenota.

Sospecho que Britany también tiene su segundo frente, de poco acá la he visto con la mirada más como luminosa, bien así como felizona la condenada, pero no he querido hacer bronca. Le dije a Lorenzo, pero él me aconsejó bien, No haga pedo, carnal, total, usted ya se le adelantó en el desquite. Y tenía razón, ¿para qué hacer olas? Así estábamos todos tranquilos y ella no me jodía con los celos.

Por mi parte, yo me doy mis gustos siempre y mejor me concentro en eso, como ahora, en este momento. Voy a comprarme mi pulsera *OneMe35*, es la primera vez que voy a tener una y, pos', tengo derecho a darme mis gustitos, pues; más que están a precio de introducción con 30% de descuento, aquí en *Walmart*. Nomás que como que a todos se les ha antojado lo mismo, he pasado toda la noche esperando que abran la tienda, porque la cola, ni se imaginan, alcanza bien unas cinco cuadras, yo estoy apenas por la mitad.

Ha hecho un frío canijo en la madrugada, pero mi cuate Lorenzo, como siempre, tan atento, me dijo que podía ir a la casa y pedirle a Britany que me mandara unas frazadas, yo le dije que sí y se fue volando, pero, ¡chale! todavía lo estoy esperando, me parece que se tarda demasiado el pendejo ese.

Yo, pos' con la ilusión de mi *OneMe35*, ya se imaginan, con eso me consuelo de este frío canijo. Dicen que ver porno con ese aparatito es el cielo, te corres solo de estar mirando coger a esas viejas tan buenotas que ponen en esas películas, oye, porque no solo las ves y las oyes, ¡también las sientes, pendejo! ¡Las sientes! ¡Es como si de veras te la estuvieran mamando, o como si, de veras, te las estuvieras cogiendo! Es lo máximo, cuate.

Pero el pendejo de Lorenzo ya se tarda, va a amanecer en unos minutos y no da señal el cabrón, la casa no queda tan lejos tampoco, no es para tanto. Pero bueno, mi carnal va a volver con las frazadas, aunque sea para quitarme el hielo del amanecer y ya tantito voy a tener mi *OneMe35* y voy a ser la envidia de todos los cuates en la compañía de taxis.

¡Qué se tarda, Lorenzo, puta!

¡Todo lo que hace uno por darse sus gustitos, cabrón!

Tegucigalpa, 17 de abril, 2020

1

Contrario a lo que se hubiese esperado, el brote no tuvo lugar en una urbe de China, tampoco en una remota aldea de África, ni mucho menos en Norteamérica, como se acostumbraba a mostrar en las superproducciones de catástrofes que se filmaban en Hollywood. Los primeros casos del virus se documentaron en una remota aldea, al oriente de un pequeño país de Centroamérica, justo en la frontera verde con la Biósfera del Río Plátano y la Reserva del Río del Hombre, territorio también conocido como la Selva de la Mosquitia.

Un año antes, en 2119, el mundo había celebrado los cincuenta años del descubrimiento de la vacuna universal contra todo tipo de influenza. Por aquel entonces, más de una cadena noticiosa había anunciado el final de todas las pandemias.

Fue así como todos se llenaron de esperanza y se irguieron como ensoberbecidos gigantes, con una insaciable voracidad de riquezas, placeres y dominio. Los multimillonarios chinos habían alcanzado vencer al socialismo maoísta desde lo interno del dragón asiático y nos sometían, en cada rincón del globo, bajo el yugo del capitalismo más insaciable que había conocido la historia. Tal era su codicia que ahora explotaban las minas de Titán, la gran luna de Saturno, con un ejército de androides esclavos de la serie L1000-LTH; era irónico, el prototipo de aquellos portentosos robots, el L1-LTH había sido creado de manera artesanal en Honduras, pero esa es otra historia que, como siempre, terminó por beneficiar a otros más que a nuestro país. Primero, los suecos se apoderaron de aquella tecnología, todavía imperfecta, la mejoraron, y luego los chinos la compraron para desarrollar sus poderosos robots con el fin de enviarlos a explotar las regiones más distantes del universo en busca de minerales preciosos. Al final, el oro subyugó toda ideología, religión y moral.

Para nosotros, en Dulce Nombre de Culmí, la aldea en donde brotó el virus, el mundo seguía, de hecho, como había sido en los últimos seiscientos años desde el genocidio de la conquista. Muchos discursos políticos nos habían prometido el «cambio», un «nuevo país que se levanta», el «futuro mejor» y la «vida digna», pero ninguna de esas promesas llegó a materializarse. La generación que vivió el traspaso de los gobiernos militares a la democracia, se fue carcomiendo como el tronco de los árboles moribundos y jamás llegó a ver el surgimiento de esa nueva nación que nos prometieron. Los problemas eran los mismos: despojo de tierras, sometimiento a la violencia de los terratenientes y de los señores de la droga, ausencia total de servicios de salud y educación, ignorancia subyugante, depredación del bosque, corrupción. El terreno de cultivo ideal para el virus.

Después de la pandemia de Coronavirus en 2019, se habló mucho de un cambio social, de la protección del medioambiente, de la urgente necesidad de mejorar las condiciones de salud y educación, sobre todo de los más pobres. ¡Ja! Cuentos de nuestros bisabuelos. La codicia y la estupidez humanas son dos tipos de virus que jamás serán erradicados del mundo y ambos nos llevarán a la destrucción final.

Nosotros vimos cómo inició todo.

Cuando terminaron la carretera que partía la biósfera en dos ya era demasiado tarde. Los abuelos contaban que, por aquellos días, mataron a dos gringos y a tres nativos que trataban de impedir que se desarrollara el proyecto. Los gringos eran de una organización ambientalista, los nativos eran líderes de la comunidad. Si parten la selva con la carretera, decían los gringos, la biósfera va a desaparecer. Nadie los escuchó, ahora, de lo que era la gran selva, solo quedan unos cuantos parches de zona boscosa. Ya no se escucha el rugido del jaguar, nunca más volvió a verse al águila arpía volar, la jagüilla no dejó más sus huellas sobre los suelos de la región, y las historias de nuestros ancestros desaparecieron. Donde pisaba la pantera negra ahora abrevaban vacas, los caminos del danto se volvieron senderos de mulas.

Y a nosotros, los Hijos de la Montaña, el pueblo *wajahyé* nos sometieron con los lazos de la pobreza.

Los viejos ya habían olvidado la lengua ancestral y a los antiguos dioses, de eso se encargaron los curas católicos y los profetas evangélicos que nos hicieron destruir las piedras sagradas de la Ciudad Blanca para sosegar la ira de su dios pálido, furibundo y macho. La ciencia de los hombres sabios que conocían la medicina de las plantas se perdió entre el humo de los árboles, algunos de los cuales fueron testigos de las centurias de conocimiento devoradas por el fuego de los ganaderos.

Así estábamos cuando llegó Pancho Colindres para hartarse de lo poco que nos quedaba de bosque, tierra y dignidad.

Vino a Dulce Nombre de Culmí con el cuento de que nos traía el progreso y la riqueza. Inició por convencernos de que el Gobierno nos había olvidado, que ninguna ayuda vendría a liberarnos de la pobreza que nos agobiaba. A los pocos jóvenes que quedaban en el poblado nos llenó la cabeza de ilusiones. Él trajo los primeros comunicadores *OneMe40*, la última maravilla del siglo.

Un día con uno de aquellos aparatos, que antes se llevaban en una pulsera alrededor de la muñeca y ahora eran injertados en la palma de tu mano, te hacía olvidar todas las penurias de la vida. Te permitían entrar a un mundo alucinante de sensaciones que te llevaban a vivir una existencia de placeres inimaginables. De pronto, ya no estabas en aquella miserable aldea, pues, más allá de sus funciones de comunicación, el *OneMe40* tenía aplicaciones que te hacían sentir el amor de las más bellas mujeres, te permitían experimentar, de la manera más vívida, que habitabas en una lujosa mansión virtual en la que podías saborear imaginarios platillos dignos de un rey. Pancho Colindres nos facilitó a todos los jóvenes, a los que entrábamos a su servicio, por supuesto, una de aquellas unidades.

Con nuestro apoyo, Colindres adquirió un enorme poder en toda la región. No había quien se le opusiera, fue así como construyó casi todas las empresas que le hicieron multimillonario: el mayor hato de ganado del país, las plantas de procesamiento de carne y derivados lácticos que exportaban sus productos a todo el mundo, las industria químicas que exprimieron toda la riqueza de la selva, las empresas mineras en la región costera, de las cuales surgió el veneno que contaminó cuencas y desembocaduras de todos los ríos. Él se convirtió en una gigantesca serpiente que se enroscó en toda la región oriental, desde el Caribe hasta el Pacífico, hincando sus venenosos colmillos en el corazón mismo de la nación, y lo hizo con nuestra ayuda y con varias decenas de robots L600-LTH.

Pero había una obsesión que no lograba conquistar: desde que llegó a nuestra tierra, un mito, una leyenda tan antigua como el tiempo, le comía los sesos, como un puñado de gusanos de mosca que le trepanaban el cerebro, se trataba de la fábula de las tumbas de los grandes reyes de la Ciudad Blanca.

Se decía, que en lo profundo de la poca selva que quedaba, había una ciudad oculta dentro de un vasto sistema de cavernas, en ella estaban las tumbas de los grandes reyes que gobernaron en la antigüedad y que, enterrado con ellos, se hallaba un tesoro inigualable.

Nosotros, los jóvenes, no podíamos ayudarle a encontrarla. Desconocíamos todas las leyendas de la prehistoria de nuestro pueblo, los más viejos parecían haber olvidado también todos aquellos mitos, no quedaba quien pudiera referir la ruta a la ciudad de los muertos oculta entre los centenares de montañas de aquella región.

Pancho Colindres se gastó una fortuna enviando equipos de exploración, con expertos espeleólogos, dotados con la más alta tecnología para encontrar cuevas, tesoros enterrados, rastros de antiguas civilizaciones. Se basó en las vastas investigaciones que, desde hacía un siglo, se habían llevado a cabo en relación al sitio arqueológico de Ciudad Blanca, pero todo fue inútil. Cambió a los científicos por sus androides, utilizó sondas LIDAR de las más avanzadas, alquiló un satélite para explorar las entrañas de la tierra, aún así su ciudad en las grutas siguió elusiva, no había rastros de ella. Pero no se dio por vencido.

Dicen que el león cree que todos son de su condición, de la misma forma, Pancho Colindres desconfiaba de todos, asumía que todo mundo a su alrededor intentaba engañarlo, robarle dinero, por ello no dio crédito a las aseveraciones de los ancianos de que la ubicación de las cavernas secretas había sido olvidada de la memoria del pueblo de los Hijos de la Montaña, así que se determinó en arrancarles el secreto a como diera lugar.

Y para eso se valió de mí.

2

Mi codicia era mayor que la de mis compañeros, debo aceptarlo, y Pancho Colindres conocía muy bien mi alma, así que se valió de eso para lo que se proponía. Su plan era sencillo: mi abuelo era uno del puñado de hombres sabios que aún quedaban entre nuestro pueblo, si alguien tenía conocimiento de la Ciudad de los Muertos, debía ser uno de aquello hombres sabios. Mi misión era ganarme su confianza, convertirme en el heredero de sus conocimientos y luego, a cambio de una bonita fortuna, entregárselos a Colindres.

Describir el plan de esa manera, resulta fácil, pero, le advertí a Pancho Colindres, aquello tomaría tiempo, mucho tiempo. El jefe aseguró que el esperaría con paciencia, aunque yo sabía que era mentira, si por algo se caracterizaba Pancho Colindres era por su incapacidad de esperar, para él todo tenía que ser ya.

Por otro lado, mi relación con mi abuelo, nunca fue muy buena, siempre se me tomó como el rebelde de la familia, y es que, la verdad, me tenía podrido la vida en aquella aldea en donde nunca pasaba nada emocionante. Odiaba escuchar relatos del mundo fantástico que se desarrollaba a vertiginosa velocidad más allá de nuestras estrechas fronteras mientras aquí, en este lejano rincón de la Tierra, el tiempo se había quedado suspendido doscientos años atrás. Así que yo hacía todo lo posible por negar esta existencia, y le di la espalda a mi abuelo, a sus tradiciones, a mi familia y a mi pueblo desde muy joven. Cuando llegó Pancho Colindres a la región, fui uno de los primeros en irse a trabajar para él, aún antes de que comenzara a obsequiar los *OneMe40*. Desde ese momento, mi abuelo dejó de hablarme.

Así que el asunto iba a ser complicado. Comenzamos por fingir un maltrato de parte de don Pancho hacia mí, hicimos que el altercado fuera de conocimiento público a fin de que hubiesen muchos testigos de mi despido. Luego, me tomé varias semanas antes de regresar a la aldea y, cuando lo hice, no fui directo a la casa de mi familia, me instalé en una casita que alquilé a una cuadra de la plaza central, que no era más que un campo de fútbol con suelo de tierra y unos cuantos árboles sembrados alrededor. Entonces, ya instalado, esperé.

Mi abuelo era un hombre firme, sin embargo, yo sabía que en lo concerniente a la familia, era un hombre emocional; yo era su nieto mayor, hijo de su primogénito ya fallecido, ambos aspectos formaban un peso enorme en su corazón, yo lo sabía, así que solo fue cuestión de tiempo antes de que él me hiciera llamar. ¿Cuál fue mi respuesta? Me negué a ir.

Pasaron varias semanas más hasta que una tarde de calor insoportable, cuando regresaba a mi pequeña casa, me lo encontré esperándome, tratando de mantener la dignidad sujeta en un puño, mientras él fingía no asarse bajo el inclemente sol, protegido, tan solo, por su viejo sombrero de fieltro pardo.

Nos miramos. Él, con sus ojos cubiertos por la legañas de la vejez, yo, listo para interpretar mi papel de hijo pródigo. Con el mayor descaro del mundo hice brotar lágrimas en mis ojos, titubé, mi cuerpo se estremeció, no sé si estaba actuando o si de verdad se apoderó de mí el estremecimiento por la vergüenza de lo que estaba a punto de hacer. Él extendió sus brazos y caminé hacia el viejo.

A la mañana siguiente estuve instalado en su casa. En los días subsiguientes me dediqué a ayudarlo en todas las actividades cotidianas. Lo acompañaba a la milpa, abonaba la tierra, limpiaba el solar, alimentaba los cerdos, hacía con inédita docilidad todo lo que él me pedía. Así pasaron las semanas y los meses. Una mañana, cuando vino a despertarme en la madrugada, se me quedó mirando y me dijo:

—Aprendiste la lección ¿verdad?

A partir de ese día, el anciano sabio se dedicó a enseñarme los secretos de las plantas, los caminos de las estrellas, la ruta del jaguar y las huellas en la niebla en la espesura de la selva. Fue entonces que me sentí seguro de haber dado un paso enorme en la ruta de mi misión.

3

Pero aún así, no me sentía seguro. Había algo en la mirada de mi abuelo, un brillo leve en lo profundo de sus pupilas que arropaba cierta malicia. Así que decidí caminar por terreno firme; oculté lo más que pude mi ansiedad por conocer sus secretos, es más, mostré cierta reticencia en aceptar sus lecciones, solía decirle que lo único que me interesaba era cultivar la tierra y adquirir los conocimientos básicos para curar a mi pueblo con las hierbas medicinales que él me indicaba.

Hubo un principio fundamental que él me enseñó y que captó de inmediato mi atención: el bosque era un ente vivo que, como tal, durante los milenios había desarrollado sofisticados mecanismos para su propia protección. En lo más profundo de aquel complejo organismo se cocían mortales enfermedades que serían desatadas si el hombre se acercaba demasiado a la destrucción total de la selva. Monstruos letales y microscópicos yacían en lo más profundo, listos para esparcirse a través de la flora y la fauna ocultas en el corazón de aquel ente una vez que el humano entrara en contacto con ellos. Era un plan muy sencillo, me confió el anciano, cuando los hombres alcanzaran destruir una gran parte de la selva y llegaran al alma de la misma, decenas de especies vegetales y animales harían contacto con los depredadores y le inocularían un veneno que acabaría con cada uno de los invasores.

Por supuesto, aquella revelación me estremeció. Al ver mi reacción, el abuelo me aseguró, de inmediato, que nuestro pueblo no sería tocado porque desde la antigüedad, la selva había revelado a los ancianos sabios el secreto y los antídotos que nuestro pueblo requería para sobrevivir la pandemia. Todo ello formaba parte del legado ancestral de nuestra nación.

Así transcurrió el primer año de lecciones bajo la tutela de aquel sabio maestro de la naturaleza, y mis conocimientos fueron en aumento de manera vertiginosa. Sin embargo, del secreto de la ciudad de los muertos y su intrincada red de túneles en donde yacían los entierros de los señores de la Ciudad Blanca, no me hizo la más leve mención.

Para entonces, Pancho Colindres ya se encontraba al borde de la desesperación. Había asegurado que tendría paciencia, pero aquella era una afirmación a medias pues, para él, la paciencia solo implicaba unas cuantas semanas y no años, como a tales alturas se vería que iba a tomar la revelación de su ansiado tesoro.

Yo sabía que él no se quedaría de manos cruzadas. De hecho, sobornó a un comandante local de la Fuerza Aérea para transportar cinco de su robots L600-LTH a una locación ubicada a veinte kilómetros hacia el oriente del sitio de excavaciones T1 de la Ciudad Blanca. Los drones con el equipo LIDAR habían descubierto una red de túneles en las montañas, Colindres desembolsó en pago una buena cantidad de CriptoRMBs y mandó a sus androides. Estaba muy ilusionado, lo creía un éxito seguro y me mandó al carajo.

Yo no me desesperé, todavía estaba por verse el resultado de la nueva aventura de Pancho Colindres, así que mientras tanto, seguí aprendiendo las lecciones de mi abuelo.

Debo confesar que, de alguna forma, aquel contacto constante con la naturaleza y con la sabiduría del viejo, fue despertando nuevas ideas y sentimientos en mí. Enfocado como estaba en la promesa de fortuna y de escapar de aquella miserable aldea. Tenía cierta reticencia al principio, pero, conforme fueron pasando los meses, parecía restablecerse en mí cierta conexión con la selva que yacía inmersa en mi corriente sanguínea desde mi más remoto pasado.

Una mañana, el abuelo no pudo levantarse de la cama, aquello era insólito, todos los días de su vida mantuvo una rutina inalterable hasta aquella madrugada, sin importar el día de la semana, salvo el Viernes Santo que guardaba con profunda veneración, de forma ineludible, se levantaba con vigor para realizar sus tareas de campo. Por ello, fue motivo de alarma entre todos los familiares cuando él mostró aquella inusitada fatiga. Por mi parte, tenía en mi alma una colisión de sentimientos, estaba preocupado porque aún no había descubierto la oculta ubicación de los entierros de los señores de Ciudad Blanca, pero, por otra parte, tenía una consternación genuina por la salud del viejo. Era como si estuviera presenciando cómo se marchitaba el milenario corazón de la selva.

4

La expedición de Colindres fue un fracaso. Sus robots entraron en las cavernas y jamás volvieron a salir. Supe, tiempo después, por boca de los chicos que seguían trabajando para él, que había montado una rabieta descomunal que terminó por destruir la lujosa oficina que tenía en la ciudad de Juticalpa, al oeste de la selva; incluso, me contaron, que había llegado a despedazar uno de sus carísimos robots.

Como era obvio de esperar, volvió a mí en el ojo de aquel huracán de desesperación que lo tenía poseído. Hizo que me secuestraran una tarde que regresaba de la milpa. Aunque logré explicarle los avances que había alcanzado y que el proceso se encontraba interrumpido por la enfermedad de mi abuelo, Colindres no quiso entender. Estaba enloquecido por aquella febril obsesión, nada iba a satisfacerlo, lo único que calmaría su sed era tener frente a sí el fabuloso tesoro de los señores de Ciudad Blanca.

Me dio el plazo de una semana para conseguir la información. Si no la obtenía, amenazó, él mismo se encargaría de arrancársela a mi abuelo, a como diera lugar.

Fue hasta entonces que estuve consciente, a plenitud, del grave peligro al que estaba exponiendo a mi abuelo y a la familia. Pero ya no había marcha atrás posible.

Desesperado por librar a mis parientes de la mortal desgracia que se desplomaba sobre todos, traté de estar más cerca de mi abuelo a fin de extraerle el secreto y pagar con él por la vida de mi gente; pero, pasados los primeros días, pude darme cuenta de que aquella tarea sería imposible. Entonces, sucumbí a la desesperación.

—Abuelo, tu mal no parece ceder —le dije, sentado junto a él en el lecho de su convalecencia—. ¿Qué disponés que haga yo en el caso de que Patishta te llame al mundo de los espíritus?

—Que sigás por el camino que te he enseñado, y que atendás a tu pueblo —me dijo con su mirada flotando sobre las lágrimas.

Pensé que mi pregunta le habría animado a revelarme su último secreto: la tumba de los antepasados. Pero al ver que no conseguía sacarle ni una palabra de ello y que eso significaría la inevitable muerte de mi familia, no pude retener más las palabras que desde hacía tiempo retenía en mi pecho.

—Abuelo, si todavía queda un secreto que no me hayás revelado, este es el momento de que lo hagás, antes de que tengás que irte en el viaje que no tiene camino de retorno.

El anciano clavó su vista en mí, sus ojos eran dos lagunas en las que nadaban sus pupilas con color de avellana.

—Fui feliz por mucho tiempo, viendo cómo regresabas a nosotros, verte de nuevo caminar en las tradiciones de tu pueblo —me dijo, su voz revelaba la profunda emoción que lo tenía atrapado en un puño—; pero mi mente me aseguraba de que todo era una trampa, un intento desesperado para arrebatarme el secreto de las tumbas de los primeros reyes.

—Abuelo, yo…

—Ahora sé que, como siempre, mi corazón fue un tonto iluso, y mi mente estuvo siempre en lo cierto.

—Yo no…

—No digás nada, hace que me duela más el alma. Ahora tengo sobre mí un peso muy grande: si callo, si no te revelo ese último gran secreto, el sitio más sagrado para nuestro pueblo se va a perder para siempre, jamás nadie, ni de nuestra sangre ni de la raza de los ladinos, va a saber en donde reposan nuestros padres. Pero, por otro lado, si te lo digo, tus propios pasos te van a llevar hacia una muerte segura, y detrás de vos van a venir también los ladinos, con su codicia quemándoles las tripas. ¿Entonces qué debo hacer? ¿Me va a dar la respuesta Patishta, el Gran Espíritu?

No hubo palabras en mi boca que pudieran responder la pregunta del anciano.

—Pero ya había meditado largo y profundo esa pregunta —dijo el abuelo con voz cascada—, y tengo la respuesta.

El viejo sabio me asió fuerte por la muñeca, penetró los más hondos recovecos de mi alma con su mirada cuajada de siglos, y añadió:

—Hay una cosa más por hacer…

5

El helicóptero sobrevoló la ribera del río buscando un pequeño claro en donde aquél aparato, de dos turbinas, pudiera descender. Las elevadas cumbres que lo rodeaban, los fuertes vientos que se arremolinaban en el cañón y la espesa selva que dominaba todo salvo aquel reducido espacio, hacían imposible que otro tipo de aparato volador pudiera llegar al remoto paraje. Íbamos siete personas, los dos pilotos, Pancho

Colindres, dos de sus matones y un androide.

Tras la búsqueda infructuosa de un espacio para aterrizar, Colindres terminó por hacerme caso y ordenó que bajáramos con los lazos para montar el campamento, el helicóptero regresaría tres días después por nosotros. Ya en tierra, los dos guardias y el androide se dedicaron a montar el reducto, mientras Colindres y yo explorábamos los alrededores. Recorrimos seis kilómetros de selva hasta llegar al pie de la montaña, una distancia enorme cuando se atraviesa una jungla tupida, cuajada de enredaderas, matas y todo tipo de bichos. Nos había llevado medio día trazar aquel camino hacia la base de los gigantescos colmillos de piedra caliza. Me estremeció ver aquellas formaciones de color blanco-hueso ante nosotros, era como si el infierno estuviera abriendo sus fauces para tragarnos. No podíamos escalar aquel día, ya era muy tarde por lo que decidimos regresar al campamento y hacer el recorrido a la mañana siguiente.

—Voy a asegurarme de que los entierros estén allí —me dijo Colindres—, y más te vale que sea así porque si se llega a tratar de una estúpida alucinación del viejo, te vas a quedar aquí con un agujero en las tripas.

Mi abuelo apenas llevaba dos días de muerto, pero Colindres no cedió en su amenaza por el deceso, al contrario, a la mañana del tercer día tras la muerte de mi abuelo, dos camionetas llegaron al rancho cargadas de hombres armados. Nos sacaron a empellones de la casa y nos pusieron de rodillas en el patio. No les importó edad o género, todos estábamos allí, mujeres, niños, los más ancianos de la casa, nadie se libró. Los hombres de Pancho Colindres nos apuntaban con sus fusiles mientras la sangre hervía a borbotones en mis venas, el ambiente se sentía como cuando la tormenta está a punto de estallar, era como si hubieran vertido plomo fundido en el cielo.

—Dije que iba a ser paciente y cumplí —me dijo ante la mirada de todos, entonces, la rabia se me convirtió en vergüenza—, pero ya la paciencia se me fue a la mierda.

No me atrevía a levantar la vista, miraba a las hormigas en su eterna peregrinación entre los terrones de tierra y la grama, también veía los pequeños charcos de agua y sobre ellos, los mosquitos sobrevolando frenéticos.

—Te voy a decir cómo va a ser este asunto —siguió hablando Colindres—, yo sé que vos sabés. Cómo rayos, no me importa; pero yo sé que el viejo te lo dijo así que ahorrate las mentiras. Vos me vas a llevar a las tumbas y si no salgo hoy de allí con mi tesoro, hago carne molida con tu familia ¿Lo tenés claro?

Estaba empeñado en no hablar, pero el repentino golpe de la culata de un fusil trajo a mi consciencia el dolor, agudo, penetrante, una pulsación caliente en el hueso de la mejilla en donde me había dado de lleno el impacto.

Todavía aturdido, escuché el chillido de un niño. Uno de los hombres de aquel canalla agarraba al chiquillo de los cabellos, con tal fuerza que lo tenía suspendido en el aire. El pequeño no paraba de gritar.

La furia me dominó, aún con el dolor latente en la mejilla intenté incorporarme pero un certero culatazo en mi estómago me lo impidió, caí ahogado, hecho un ovillo sobre el suelo.

Levanté la mano temblorosa, pidiendo tregua, justo cuando se me venían encima dos de aquellos matones. Con seguridad querían molerme a puntapiés. Colindres les gritó algo y se detuvieron.

—Vamos —logré decir apenas recuperé el aire—, vamos, no es necesario todo esto, yo le voy a cumplir lo que le prometí.

Casi una hora después, sobrevolábamos la zona en donde Colindres ya había realizado otras exploraciones, pero le dije que no descendiera allí, ese no era el sitio que buscábamos. Le expliqué que mi abuelo ya me había advertido que el lugar donde Colindres hacía sus búsquedas era el equivocado.

—¿Pero cómo carajos sabía? ¡Ese lugar era un secreto! —dijo el jefe con una mezcla de asombro y rabia.

Yo le conté sobre la ancestral sabiduría de mi abuelo, le dije que él conocía los poderes ocultos en la herbolaria y que, a través de ellos, poseía la capacidad de desprenderse de su cuerpo y hacer viajes a lugares remotos de manera espiritual. Colindres se rió de mí.

—Alguien se lo tuvo que haber dicho y yo lo voy a descubrir, ¡voy a hacer que el perro que le contó se trague sus propias tripas! —amenazó.

—Yo nunca he estado aquí —le dije—, sin embargo, conozco cada centímetro de esta jungla porque viajé a este lugar con él, de la misma manera, con mi espíritu.

Colindres no me respondió, se quedó mirándome, un poco con incredulidad y un poco con desesperación; estaba jugando su última carta con las alucinaciones de un loco, debió haber pensado.

Los conduje más allá de aquellas montañas. A otro valle ubicado a unos cinco minutos de vuelo del lugar. Encontramos otra cordillera con vastas formaciones de piedra caliza. Su color, de un blanco amarillento, y la peculiar forma de aquellos precipicios, daban la apariencia de gigantescas catedrales de altas torres. Sin lugar a dudas, era la razón por la que la confundían con una ciudad, la Ciudad Blanca. A su vez, aquellas estructuras también semejaban monstruosos colmillos, era como si un coloso de inmensas proporciones abriera sus mandíbulas para tragarnos.

—¡Este es el lugar! —le dije—; mi abuelo me trajo aquí en nuestro viaje espiritual.

—¡Pero no hay dónde aterrizar! —dijo Pancho Colindres con evidente frustración en su voz.

—No, el helicóptero tiene que dejarnos aquí y regresar en tres días por nosotros.

Colindres me miró con desconfianza, pero su codicia fue mayor que su instinto; descendimos usando los lazos, él, sus dos matones, el androide y yo.

Como dije al inicio, sus hombres se encargaron de montar el campamento mientras nosotros explorábamos la ruta a la base de las montañas. Nos reunimos en el reducto cuando el sol comenzaba a ahogarse en el horizonte de montañas y mar de selva oscura que nos rodeaba.

Aquella noche nadie pudo dormir. Felipe, uno de los guardias se despertó con un grito. Juraba que alguien había intentado ahorcarlo, pero el androide afirmaba que el perímetro de nuestro reducto no había sido violado.

Más tarde en la noche, Gonzalo, el otro matón, saltó de su cama dando manotadas, gritaba que decenas de tarántulas se estaban cebando de él. Colindres lo iluminó con su foco de mano, pero el hombre no tenía nada encima. El jefe le soltó un tremendo pescozón para sacudirle la pesadilla y nos amenazó con pegarnos un tiro si volvíamos a interrumpir su sueño con estupideces. Pero el tercer espanto de la noche lo vivió el propio Pancho Colindres.

Estuvo despierto por más de una hora, vigilándonos a todos. Una fiebre repentina se había apoderado de su cerebro manteniéndolo con un agudo dolor de cabeza. En su mente veía el fabuloso tesoro de los primeros señores de la Ciudad Blanca que se mezclaba, como en un remolino, con imágenes de manos putrefactas que amenazaban con lanzarse sobre su cuello, tarántulas que caían de los árboles sobre él, serpientes de venenosos colmillos que lo atacaban; pero, firme en su orgullo, ninguna de aquellas alucinaciones había logrado sacar un solo grito de su garganta. Al final, poco antes de la madrugada, la fiebre había cedido junto con los espectros que lo estuvieron atormentando. Fue entonces que escuchó la voz, estaba consciente de que no se dirigía a él en un idioma conocido, era un murmullo en una lengua extraña, con sonidos guturales ajenos por completo a cualquier lenguaje terrestre. Sus palabras eran una advertencia, un rumor de locura y muerte que logró llegar hasta el tuétano de sus huesos, como un trépano atroz que rompía su piel, rasgaba sus músculos y devoraba su estructura ósea. Aunque el orgullo de Colindres le anudaba los gritos en la garganta, una visión final lo hizo rebalsar todo el terror acumulado en su pecho.

Acudimos todos de inmediato al escuchar el agónico aullido del jefe. Lo encontramos temblando, frío como una laja a orillas de la quebrada, empapado en un sudor que le manaba a chorros por todos los poros del cuerpo.

—¡Una calavera! —gritaba—. ¡Una calavera! ¡Tenía tentáculos en la boca!

6

Pero nada lo disuadió de su obsesión. Con la amenaza del cañón de su pistola apuntándonos, nos obligó a callar sobre los eventos de la noche anterior, al que osara a decir una palabra le pegaría un balazo. Nos ordenó tomar el equipo y a marchar en dirección a la montaña de los colmillos.

Era un ascenso arriesgado; además del mortal filo de aquellos remolones de piedra, debíamos sortear elevados tramos de pared lisa y un viento que se tornaba más violento a medida ascendíamos. El androide iba a la cabeza, estableciendo puntos de apoyo para nosotros e impulsándonos hacia arriba con su descomunal fuerza en aquellos espacios en donde no podíamos sujetarnos a nada. Al cabo de unas tres horas llegamos a un espolón en donde dispusimos tomar un breve descanso. Fue una decisión fatal.

Apenas llevábamos unos pocos minutos de reposo cuando Felipe lanzó un aullido que rebotó en el eco de aquel paraje. Saltaba aterrorizado en el breve espacio, amenazando llevarnos consigo al vacío. Tenía prendida del muslo una enorme serpiente, sus colmillos aferrados a su pierna con feroz tenacidad. El autómata actuó veloz tomando al ofidio por la cola y luego lo lanzó al abismo. Para nuestro horror vimos cómo numerosos de aquellos bichos salían de grietas en la pared, amenazantes. Una vez más, la agilidad del androide nos salvó; aplastó varios de ellos y a otros los arrojó al abismo hasta dejar limpio el lugar. Pero para Felipe ya era demasiado tarde, su cuerpo se hinchó abrasado por un fuego interior que tornó el color de su piel en un mórbido tono de azufre. Las venas, que habían adquirido un mariz entre verde y morado, parecían estarle a punto de reventar. El hombre jadeada desesperado por oxigenar sus pulmones que daban clara evidencia de estar colapsando. Murió en pocos segundos chorreando una baba espumosa por la boca, lágrimas de sangre manaban de sus ojos así como también corría el líquido espeso y rojo de sus oídos y nariz.

Aquello era una advertencia clara de lo que nos aguardaba, pero por ningún motivo logró disuadir a Colindres en su febril deseo. Dejamos el cuerpo de Felipe en el espolón y continuamos el ascenso.

Llegamos a la cumbre al mediodía. Pese al ominoso evento que recién habíamos sufrido, no pudimos dejar de apreciar la majestuosa vista que ofrecía aquel elevado punto. Mi espíritu sintió de golpe el impacto de contemplar aquel paisaje vedado a los hombres por milenios. Tras contemplar sin aliento el horizonte verde, volvimos la vista a la pared de la montaña. Frente a nosotros se abría el umbral angosto y bajo de una caverna. En otras circunstancias hubiese sido más que probable que Colindres nos empujara de inmediato al interior, pero una imagen grabada sobre aquella puerta hacia la oscuridad, congeló al jefe. Tallada con sorprendente detalle, una calavera con un nudo de tentáculos surgiendo de donde debería estar la boca, nos contemplaba en profética amenaza.

Pancho Colindres tardó varios minutos en reponerse de aquella visión; lo vi pálido. Al tacto, su piel tenía la temperatura de un cadáver, sus ojos no podían ocultar el pavor, su mandíbula, desencajada, temblaba. Era como si estuviera haciendo acopio de toda su voluntad para reprimir el alarido angustioso que rebotaba entre su garganta y su pecho.

Pero, como ya lo he dicho en varias ocasiones, su codicia era de un poder descomunal. Se repuso a fuerza de voluntad y nos hizo internarnos en las fauces de aquel infierno de demencia y muerte.

Justo al entrar nos golpeó una fetidez insoportable. Era como si hubiésemos entrado a una campo de batalla en donde hacía apenas un par de días habían muerto millares de soldados dejando expuestos a sol y sereno sus cadáveres putrefactos.

Dos momias, el cuero de sus pieles grisáceo, polvoriento y resquebrajado, yacían apoyadas contra la pared, sentadas, con los brazos rodeando sus piernas macilentas y sus lanzas atravesadas entre sus brazos y sus otras extremidades. Vestían unos ponchos raídos, llenos de moho, también polvorientos, se podían distinguir, tejidas sobre el pecho, sendas calaveras como la de la entrada, pero Pancho Colindres ya se había sobrepuesto al espanto.

—¡Este es el lugar! —fue lo único que dijo y nos obligó a seguir avanzando.

—Detecto una forma de energía que no puedo identificar —dijo el androide.

Pancho Colindres no hizo caso a aquellas palabras y siguió su avance. No sé cuánto tiempo nos llevó el recorrido, pero sí me pareció una eternidad. Llegamos a un laberinto de corredores que parecía no tener fin, sus paredes estaban talladas con extraños motivos, algunos se me hacían conocidos, los había visto en las vasijas y metates expuesto en el museo de la Ciudad Blanca, pero otros eran por completo un misterio, también inquietantes: seres alados como murciélagos y cabezas con tentáculos, batallas entre hombres y aquellas misteriosas criaturas, pirámides y objetos voladores sobre ellas. De cuando en cuando, encontrábamos más parejas de momias recostadas sobre las paredes de aquella red de corredores. A la pálida luz con la que nos iluminaba el robot, las calaveras adquirían una apariencia brillante, como si fueran de cristal.

Nuestro recorrido desembocó en una pequeña caverna que ofrecía el aspecto de una capilla. De hecho, en uno de sus extremos se levantaba una estructura que semejaba un altar y, sobre él, varios objetos que encendieron un brillo demencial en los ojos de Colindres.

—¡Este es! —dijo— ¡Lo hemos encontrado! El tesoro de los primeros señores de Ciudad Blanca.

En efecto, aquellos objetos eran de oro puro. Vasijas, pequeños metates, imágenes de jaguares, monos, guacamayas y un cráneo de mediano tamaño… con tentáculos emanando de su boca.

Colindres llevaba consigo una bolsa de cuero vacía, traída de manera expresa para cargar con los tesoros que estaba seguro descubriría. De inmediato, comenzó a llenarla con los artefactos, todos menos uno, el cráneo. Un terror instintivo lo refrenó.

A la luz de la lámpara del androide, descubrimos una extraña escritura sobre la pared. Digo que era escritura por el orden y la repetición de varios símbolos, era obvia la estructura de un idioma en aquellos bloques de signos. Pero los antepasados nativos de mi pueblo no tenían idioma escrito, o por lo menos, no hasta donde yo supiera, y aquella parecía una forma sofisticada de escritura. La parte alta de las paredes del recinto estaba llena de ellos a lo largo de toda su circunferencia. Los distintos bloques estaban separados por imágenes talladas en bajo relieve las que, en apariencia, contaban una historia continua.

Distinguí representaciones del sistema solar, otras parecían espirales galácticas, en varias vi tallado una especie de portal entre aquellas galaxias. Una de ellas mostraba objetos similares a naves espaciales que descendían sobre un planeta similar a la Tierra. En otro de los paneles, criaturas extrañas, con cabezas similares a plantas, recibían la adoración de figuras humanas. Otra talla mostraba a las criaturas viendo cómo los seres humanos construían una pirámide. Después pudimos distinguir otro cuadro en la piedra en donde, sobre la edificación se abría una estrella, de ella emergía un ser con tentáculos en la boca y en otro espacio vimos una batalla similar a la que habíamos descubierto en las paredes de los túneles.

Unos días atrás, antes de morir, mi abuelo me había traído consigo a la montaña de los colmillos. En su lecho de moribundo, me enseñó a preparar la planta que abría el ojo de la mente y bebió conmigo el brebaje que extrajimos de ella. Fue de esa manera como conocí la montaña y algunos de sus secretos, pero en mi viaje espiritual no había visto ninguna de aquellas imágenes que en ese momento estaba contemplando con el corazón detenido.

—¡Pero esto no es todo! —dijo Pancho Colindres trayendo mi consciencia de vuelta a aquel recinto—. Este solo es un punto de adoración, falta que encontremos los entierros, allí debe estar el verdadero tesoro.

Aquellas palabras me inyectaron un profundo temor. Aunque mi abuelo me había advertido que llegaríamos profundo dentro de la montaña y me instruyó bien en lo que debería hacer una vez alcanzado aquel punto, no podía de dejar de sentir un miedo insondable en aquel lugar en el vientre de la tierra.

7

Durante nuestro recorrido, un ejército de marsupiales, similares a las ratas, nos acompañó por encima de nuestras cabezas, corriendo sobre un angosto saliente a lo largo de toda la negra pared. Lo presentí como un mal agüero. Llegamos a un espacio muy amplio, enorme, como la nave de una gran catedral gótica. Las gigantescas estalactitas y estalagmitas que surgían por todo el lugar, le daban un aspecto lúgubre; la sensación de estar en las fauces de un monstruo se volvió más patente en aquel recinto.

El androide fue quien detectó las tumbas. Su visión estaba dotada de un sistema LIDAR que permitió encontrar los nichos, eran trece de ellos, dispuestos en corredor, en el extremo del fondo de la caverna. Había seis a cada lado y, en la pared al final, se encontraba el nicho más grande todos. Estaban cubiertos por enormes lajas de piedra sobre las cuales estaban talladas varias figuras así como cuadros de inscripciones en aquel idioma alienígena que descubrimos en la capilla. Cada una de las figuras dominantes esculpidas en las lajas, representaban a un animal acompañado de una estrella; cada uno de los astros estaba dibujado de forma distinta, no había dos iguales. Al pie de cada nicho, se acumulaban cerros de objetos de oro, plata y piedras preciosas.

La visión de aquel tesoro fue demasiada para Colindres. Intuyendo la vastedad de riquezas que sin duda se amontonaban dentro de los nichos, el jefe se abalanzó sobre uno de ellos y con inusitada fuerza empujó la losa que lo cubría hasta hacerla caer rompiéndose con estrépito sobre el suelo de la cueva. En ese instante, un temblor estremeció el lugar y una nube de insectos emergió con furia del sarcófago, rodeándonos con un zumbido amenazante, picándonos un millar de veces hasta hacernos sangrar. Pero la nube no nos cubrió mucho tiempo, así como había surgido, desapareció en cuestión de segundos, dejándonos, tan solo, el escozor de las picadas.

Nos creímos a salvo hasta que vimos a Gonzalo vomitando un líquido espeso y verdoso. Cayó de bruces entre violentas convulsiones. El androide corrió a su lado, lo volteó, fue entonces que pudimos ver cómo su piel bullía en numerosas bubas del tamaño de una ciruela cada una por todo su cuerpo. De pronto, su cuello se hinchó como un globo y terminó por estallar en un chorro de sangre y tejidos.

El androide se acercó a él para examinarlo y tras un breve repaso que duró segundos dijo:

—Jamás había visto una reacción alérgica tan violenta. ¡Es insólito!

Yo también me aproximé al cadáver, lo que vi me dejó estupefacto, en los bordes de las heridas de su cuello pululaban decenas de diminutos gusanos blancos.

—¡Colindres, tenemos que irnos! —dije con la voz cuajada de espanto—. Ya encontramos lo que vinimos a buscar.

—¡Todavía no! —gritó él— No nos vamos de aquí hasta que no vea la última tumba.

Dijo aquello último apuntándome con su arma. Su aspecto me hizo estremecer, cubierto de polvo y de la sangre de las miles de picaduras de la nube de mosquitos, sus ojos desorbitados eran la diáfana amenaza de la muerte. Lo tuve bien claro, cualquier cosa haría más violento a aquel energúmeno, así que lo mejor era callar.

Sentí como si tuviera un espectro recostado sobre mis hombros a medida que vi a Colindres caminar hacia la tumba que se erguía como un mal presagio, al final del corredor de los reyes muertos. Cada paso que daba, abría más un agujero de horror en mis entrañas. Me encontraba empapado de sudor, pero, a la vez, un frío insondable me consumía. Cuando al fin llegó frente al último nicho, me pareció que el tiempo se volvía una sustancia aceitosa, densa, que nos envolvía por completo. El androide se colocó junto a él, era como si también, por obra de alguno de sus infinitesimales cálculos, pudiera presentir la proximidad de la tragedia. El jefe no se detuvo a pensarlo, tal y como había hecho con las otras lápidas, tomó aquella entre sus manos y la volcó. Yo esperaba lo peor, pero para mi sorpresa, por unos instantes, tan solo el eco de la piedra al golpear el suelo se escuchó entre aquellas paredes.

Colindres estaba inmóvil frente aquel hueco negro, silencioso, eterno. El tiempo dejó de existir, fue como si el universo entero hubiese sido tragado por el abismo final. De pronto, un rumor de alas llenó todo el recinto, un millar de murciélagos emergió del hoyo en la pared golpeando de lleno a Colindres y lanzándolo de espaldas al suelo. Un temblor, más violento que el anterior sacudió el recinto; el cielo de la cámara parecía venírsenos encima. La sacudida del recinto trajo hacia el frente del nicho una imagen que nos llenó de espanto. Un esqueleto gigante, quizás de unos cinco metros de alto. La osamenta tenía muchas similitudes con la de un humano, salvo que detrás de ella, unidas a la estructura, surgían los huesos de lo que, en apariencia, había sido un par de alas. Y el horror más grande de todos, el cráneo, la horrible imagen que habíamos estado encontrándonos de forma recurrente en pesadillas y en las tallas en la roca: el cráneo, cuasi humano, de cuya mandíbula surgían los huesos de lo que debieron ser largos tentáculos.

La caverna volvió a temblar, de manera aún más amenazadora. El androide actuó de la forma programada ante el inminente peligro de muerte de su dueño, lo alzó en vilo y, aún ante sus protestas, se lo echó a hombros y salió a toda velocidad.

Yo corrí detrás de ambos sintiendo que el mundo se hacía polvo a mis talones.

8

El helicóptero llegó al punto de encuentro a la hora y día indicados. Evacuó del lugar a dos hombres perturbados y a un robot cuya memoria había sido borrada de manera misteriosa. A mí me fueron a dejar al rancho, liberaron a toda mi familia, y en medio de un febril estado de conmoción, Pancho Colindres alcanzó a ordenarme guardar absoluto silencio de todo lo que había ocurrido, bajo amenaza de acabar conmigo y con toda mi gente si una sola palabra de aquello llegaba a salir a luz pública.

Yo, por supuesto, no tenía la menor intención de revelar aquel secreto. Hice todo lo que mi abuelo me había ordenado hacer, mi misión estaba cumplida. Él había previsto lo que Pancho Colindres pretendía hacer, pero ya sus ojos tenían plena visión de mi corazón y sabía que yo preferiría morir antes de volver a darle la espalda a mi familia. Así que hizo lo único que podía hacer para mantener el secreto de las tumbas de Ciudad Blanca, preservar el legado de nuestro pueblo y salvar la vida de nuestra familia: al borde de la muerte, abrió el ojo de mi mente con el brebaje de hierbas ocultas que también me enseñó a preparar. Me hizo viajar con él al recóndito lugar de reposo de las momias de los primeros señores y me advirtió allí de los peligros que aguardaban, así como también me previno del castigo que los dioses del otro universo tenían preparado para esta generación perversa e insaciable de riquezas.

Pancho Colindres iba a diseminar la maldición por todo el mundo, por eso se le permitió salir con vida, aunque con escasa cordura de las oscuras cavernas. La picadas del enjambre de mosquitos, combinadas con las laceraciones que la nube de murciélagos produjo en la piel de Colindres y con las moléculas de su sangre, habían producido un monstruo terrible que se volvería un azote de la humanidad. No era un ser descomunal, como K'tulué, el dios secreto, de nombre impronunciable, que reinó con terror y gran poder millones de años antes del tiempo de los hombres, y tampoco era uno, eran miles y millones de microscópicos monstruos que destruían el sistema inmunológico humano, provocaban imparables hemorragias en todos los tejidos del cuerpo y obstruían los ventrículos pulmonares hasta asfixiar a sus víctimas.

Pancho Colindres salió de las tumbas de Ciudad Blanca portando aquel virus, que transmitió de forma inmediata a los pilotos del helicóptero, y todos ellos, asintomáticos por un par de semanas, se lo transmitieron a sus amigos y familiares quienes, subsecuentemente lo siguieron transmitiendo a todas las personas a su alrededor. El paciente cero fue Pancho Colindres, que en menos de veinticuatro horas en que se volvió evidente el virus, murió en un charco de su propia sangre, con los pulmones convertidos en dos bloques de roca; a las pocas horas, murieron los primeros a quienes había contagiado y así hasta desenvolver una inusitada cadena de muertes que despertó las alarmas mundiales.

A estas alturas ya se contabiliza la cantidad de 1.5 billones de personas muertas. Las cifras diarias de decesos son enormes, en números de miles. No hay ceremonias fúnebres a causa del alto contagio de la enfermedad, los llevan a fosas comunes donde les prenden fuego antes de cubrirlos con cal y tierra. La economía colapsó, hace ya unas semanas, por las rígidas medidas de contención que ordenan a todos el distanciamiento social y el cierre de toda actividad que involucrase la interrelación de las personas. La venganza de K'tulué ha sido implacable.

Pero nosotros estamos bien, los Hijos de la Montaña gozamos de buena salud. No tarda el momento en que el mundo por fin se fijará en nosotros y se preguntará por qué ninguno es afectado por la plaga. Nunca sabrán que nosotros tenemos la cura, uno de los secretos que me reveló mi abuelo y que yace oculto, en las venas del bosque, ese noble mar verde que no supieron valorar.

Tegucigalpa, 15 de abril, 2020.

-2-

Historias mínimas de la pandemia

La recámara de Venus

E star encerrado con una mujer de aquel porte era el cielo, pensó el licenciado Topolansky. La mina le había resultado más fácil de lo que había calculado, un par de insinuaciones en el despacho, una cena en aquel restorán tan acogedor, y ya.

Él: ¿Querés que vayamos a un lugar más... íntimo?

Ella: ¿Por qué no?, y eso alimentó su vanidad como banquete en las mesas del Valhala.

«Seguro le gusto», la idea lo hinchaba como globo aerostático.

De aquel modo, mientras el resto de bonaerenses se congelaban el culo allá afuera, él estaba por arder en los brazos de aquella rubia, alta y flaquita, pero con las suficientes carnes en los lugares esenciales, se dijo a sí mismo el licenciado Topolansky.

Se aseguró de iniciar la aplicación MyMovies en su *OneMe40* para filmar cada detalle del salvaje coito que estaba a punto de protagonizar con la rubita flaca de Contaduría. Tenía ya una colección de unos diecisiete vídeos, por supuesto, protegida por una sólida clave secreta: *miscoñitos666*. Lo que Topolansky no sabía, es que la mina, Bonnie era su nombre, también lo estaba grabando con su propio dispositivo, otro *OneMe*, pero de serie anterior, la 30. Quién sabe con qué aviesos propósitos.

Lo esencial en aquel momento fue, pues, el disfrute de la carne, y para ello Topolansky no necesitaba mucho; la chica, en efecto, era una muñeca. Para ella, por lo contrario, si fue necesario utilizar un poco la imaginación, los pellejos colgantes en la flácida y cerúlea contextura del licenciado no eran, por así decirlo, afrodisíaco alguno.

Al mal trago, darle prisa. De todos modos, el licenciado no era, lo que se diga, una estrella porno; en apenas seis minutos, la cuestión había quedado zanjada. Uno a cero. Por fortuna, Topolansky tuvo a bien pedir brandy, hielo y dos vasos antes del encuentro carnal. Así, cuando todo acabó, quedó el consuelo del alcohol y los cigarrillos. Afuera, el silencio nocturno fue roto por el constante ulular de sirenas, pero no le prestaron atención. Topolansky todavía estaba absorto en el cuerpo torneado de la rubia, y ella tenía su mente en el jaque mate que urdía para el licenciado en los próximos días.

Una plática breve, banal, un par de besitos estúpidos y al baño juntos, pero no pasó nada más, el espíritu del guerrero parecía haber entrado en un trance astral permanente porque la lanza no volvió a erguirse, ni con una felación bajo la ducha, en la que Bonnie, a decir verdad, mostró un dominio labio-lingual bastante competitivo.

Después, como era evidente que ya nada más ocurriría, llegó el momento de vestirse, maquillarse, porque aquí no ha pasado nada y si me preguntan, lo negaré todo. Revisión exhaustiva de la recámara de los pecados venéreos en previsión de no dejar ningún objeto olvidado, y para afuera.

Allí se jodió todo.

Un petizo de la prefectura los detuvo antes de entrar al vehículo. Llevaba un traje especial para contener los contagios virales, con un escudo de la Policía en el lado izquierdo del pecho.

—Disculpen, señores, pero van a tener que mantenerse en el dormitorio hasta segunda orden. No se preocupen por víveres o medicamentos, nosotros les vamos a proveer lo necesario, pero por ahora nadie sale.

Topolansky sintió como si la espina dorsal se le hubiese convertido en cubos de hielo. Había prometido regresar a casa temprano y al no hacerlo, era más que seguro que su mujer lo llamaría. La desventaja con el condenado *OneMe40*, es que ella no se conformaría con menos de hacer la comunicación por vídeo llamada.

Así que Topolansky hizo su berrinche con el policía petizo; trató de seducir, causar lástima, sobornar, amenazar con la consabida frase, —Mi cuñado es comandante de la policía—, en fin, estaba para un Óscar el viejo, pero no logró nada más que la promesa de ir a pasar la cuarentena al cuartel si no seguía la ordenanza. El administrador había muerto media hora antes, en la recepción. Estaban confirmando, todavía, si había sido a causa del maldito virus que nos habían legado de un miserable paisito de Centroamérica, así que no había modo, señor cuñado del comandante de la policía, tenía que guardar la cuarentena.

El licenciado Topolansky, colorado por el bochorno, apagó el OneMe40 con la escueta fe de que aquello pasaría pronto y podría encontrarle a su mujer una excusa válida por haber desactivado el aparato. Se metió a la habitación seguido de Bonnie y se hundió en el cojín inflable gigante mientras la rubita lo observaba, con ominosa mirada, alejada de él, desde el otro rincón de la recámara de Venus.

Poco a poco, a Topolansky le comenzó a subir la fiebre.

Tegucigalpa, 17 de abril, 2020

Viaje en monorriel

P or fin inauguraron el monorriel, desde el Siglo 21 se escuchaba la promesa de que Tegucigalpa contaría con uno, pero gobierno tras gobierno, se habían robado el dinero para construirlo. Había que admitir que funcionaba muy bien, además estaba limpio, y el pasaje era muy barato y no tenía que ser pagado en efectivo, bastaba con recargar el OneMe de cualquier modelo, al pasar por la puerta de embarque, se detectaba la vigencia del ticket electrónico y listo, podías viajar a donde quisieras en la ciudad.

Olga pensó que era muy conveniente, una preocupación menos ¡Y cuánto necesitaba quitarse algo de estrés de encima! Nunca estuvo en sus planes quedar embarazada, la situación la tenía al borde de la locura. No es que no tuviera solución, el aborto tardaría pocos minutos, era higiénico, y tenía el dinero para pagarlo, pero una insoportable incomodidad moral la tenía comiendo más de la cuenta y pasando las noches en vela.

Por supuesto que era legal, ella tenía todo el derecho de hacer con su cuerpo lo que le viniera en ganas, además, estaba en juego su salud y su bienestar económico. Un hijo cuesta demasiado en estos tiempos, ella todavía no está preparada para tenerlo. Pero tampoco podía desechar siglos de herencia católica enquistados en el seno de su familia. Así que aquella palabra no dejaba de darle vueltas en la cabeza: pecado.

Moisés era solo un ave de paso, lo sabía bien, un placer casual que quiso darse y que habría salido perfecto si no le hubiera fallado el injerto anticonceptivo A90. ¡Un 99% de efectividad! le aseguró el ginecólogo, pues bien, como siempre en su vida, la suerte se apartaba de su camino, el 1% de error le tocó a ella. Eso no se lo iba a decir a Moisés, apenas lo conocía de la red social, no caería en el bochorno de contactarlo solo para darle aquella noticia. Así que debía lidiar sola con el asunto, y pronto.

Desde que surgieron los primeros casos del virus, en Olancho, al este del país, se comenzó a esparcir el rumor de que pronto ordenarían el confinamiento total de todas las personas para evitar que la plaga se expandiera. No estaba de ánimos para gestar un bebé bajo aquellas circunstancias; estar encerrada, en cuarentena, y con una criatura en la barriga era impensable, urgente de solucionar. Pero, como apuntábamos, el debate no fue fácil.

Por supuesto, no se lo contó a nadie, ella sola se había metido en aquel lío y sola vería cómo solucionarlo. Pero, aunque trataba de aparentar firmeza, el asunto le devoraba las entrañas.

La amenaza de aislamiento fue lo que, al final, la hizo tomar la decisión. Tomó su bolso, se aseguró de descargar el pasaje de monorriel en su *OneMe35* y salió a procurarse su libertad.

El viaje fue de unos veinte minutos y lo disfrutó a pesar de los nervios, al cabo del trayecto concluyó que el monorriel sería su medio de transporte favorito a partir de ese momento.

Al llegar a la estación sonó la campana electrónica y una voz femenina, muy agradable, anunció: Hemos llegado a la estación Los Próceres. Próxima parada, conexión San Miguel-Prados Universitarios.

«Bien», pensó Olga con cierto alivio, «el futuro está resuelto».

Pero no fue así.

Al salir, se sujetó de la barra de apoyo de la cabina para ayudarse a bajar. Recién, otro pasajero, Roger Matute, originario de Catacamas, en el departamento de Olancho, también se había tomado de la misma barra, en el punto exacto en donde Olga se sujetó.

La cuestión es que, la suerte de Olga, esa terrible mala suerte, volvió a funcionar. Roger Matute estaba infectado con el virus.

Tegucigalpa, 19 de abril, 2020.

Un día como cualquier otro

Estela sirve la comida con parsimonia. Primero arregla la mesa. Pone el mantel blanco, su color preferido. Antiséptico, elegante, puro, tal como ella prefiere su vida. Coloca las mantas del mismo color, pero en un tono aperlado. Después la vajilla: dos platos también de esmalte níveo con sus respectivos vasos. Regresa con el jarrón que contiene el jugo de naranja, sin azúcar. Los cubiertos, de pulcro acero inoxidable. Por último, el toque femenino, el florero con tres rosas tan blancas que parecen brillar. Toma el control del aire acondicionado y baja la temperatura de la habitación en dos grados. Santo Domingo es una olla de sopa hirviendo en esta época del año. Toma una toalla de papel del dispensador y se seca el sudor que apenas perla su frente, la parte superior de sus labios y la nuca. Va por las bandejas de comida. Plátano cocido, arroz, pollo al vapor con habichuelas y zanahoria. La mesa está en orden. Entonces, sin elevar la voz, llama.

—Papá, ya está servido.

El hombre se sienta a la mesa con lentitud. La artritis le ha robado el vigor de la juventud. Estela todavía recuerda la vitalidad del hombre cuando ella era una niña. Parecía desprender electricidad a cada paso, y su voz era un cataclismo en cada frase que prorrumpía sin que le faltase la risa al final de cada cosa que decía.

—¿Otra vez pollo? —le dice su padre, como suele hacerlo cada día al sentarse a comer.

—Es lo mejor para tu salud.

—¡Un carajo! ¿Sabes qué sería mejor? Chicharrón, yuca y tostones de plátano frito con queso blanco —la voz del viejo es apenas un ronquido suave; al final surge la risa, pero ya no como antes, ahora es una tos cascada, pedregosa.

—Come, que se te va a enfriar —le dice ella mientras le sirve el vaso de jugo.

—Un poco de café tampoco estaría mal —un tono de picardía viste las palabras del anciano.

—Sí, como no. Para que se te irrite el colon y no dejes dormir en toda la noche.

El hombre la mira con cierta ternura mezclada con una dosis de tristeza.

—Deberías conseguirte un marido y olvidarte de este viejo achacoso —le dice, tiñendo la cena con una pizca de melancolía.

—¿Vas a comenzar de nuevo? Además, los hombres no se consiguen por catálogo, por lo menos no como el que podría interesarme.

—Las redes sociales son un catálogo.

—¡Que no, papá! Yo estoy bien así, déjame en paz. Todos los días es la misma cantaleta.

—Pues si no te gusta escucharla, hazme caso. Conséguete un buen esposo. Ese chico, Juancito, el contador, no está nada mal para ti. Es hasta buen mozo.

—¡Papá! Además, Juan no es ningún chico, tiene cincuenta años.

—¡Un bebé!

—Y yo no estoy urgida por conseguirme un patrón que me esté jodiendo en casa.

—¡El lenguaje, niña, el lenguaje!

—Repites lo mismo todos los días.

—Tienes toda la vida por delante.

—¿Sabes qué, papá? ¡Ya estoy harta!

El anciano no responde. Queda viendo la comida con una soledad gris y fría derramándosele por los ojos.

Ella no puede evitar el hueco que se le hace en el alma al verlo. Siente que una prensa le estruja el corazón.

Un silencio de varios minutos llena la estancia mientras ella come. Se lleva los alimentos a la boca muy despacio, y mastica una, dos… diez veces antes de tragar. Él no prueba bocado.

—Eso ya se te enfrió —dice ella al fin.

—No importa. No tengo apetito.

—Cociné para ti.

El viejo levanta la vista para verla. Apenas son unos segundos, pero a ella se le antojan como una eternidad.

—¿Qué? —le pregunta sin poder ocultar su incomodidad.

—Todos los días es lo mismo, ¿verdad? —hay un aliento de culpa en la voz del hombre.

Ella no contesta.

—Ya estoy muy viejo —dice él ocultando su rostro entre las manos deformadas por la artritis.

Una lágrima gruesa, pesada, resbala por la mejilla de Estela. Una incomodidad en su garganta le impide responder. Es como si una bola de pecado se le hubiese atascado en la laringe.

Ella se levanta. Es un movimiento lento, ralentizado por una enorme talega de pesar sobre su espalda. Camina hacia el interruptor digital del proyector holográfico y lo apaga. La imagen pregrabada del padre desaparece de la mesa.

La mujer llora en la soledad de su apartamento.

Tegucigalpa, 26 de abril, 2020.

Tres noches con Lily

1

La conocés a través de una aplicación, Duoo.com, y en el mismo día, aquí estás, esperándola, en el bar más vergón de Managua.

Tenés que estar loco, poeta. Pudiste haber ido a cualquier lugar de la ciudad y fijo, hubieras conocido a una chavala sin tener que implicar tanto a esta tecnología que vos decías despreciar... o que despreciabas hasta que los viejos te regalaron la pulsera *OneMe40*.

¡Qué fácil caíste en su trampa! Solo así pudieron hacerte socializar, cabrón. Pero es lo último en tecnología y se comprende ¿no? Además de darte la hora, te consigue la chavala de tus sueños.

Ahora, estás obligado a salir de tu concha de tortuga y enfrentarte al mundo real, si es posible, entre los muslos de esa hembra que has citado.

Luces tenues, olor a tabaco y ron, música suave, jazz. Justo lo que te gusta, la razón por la que escogiste este lugar. Por los datos del perfil de la chavala, este es, también, el ambiente que ella prefiere. Todo se alinea a la perfección.

Duoo.com no es cualquier cosa y te evita las complicaciones usuales de levantar novia. La inteligencia artificial te dejó sin aliento ¿verdad? ¡Bienvenido al Siglo 22! Ya llevabas demasiado tiempo de «contemplación de la naturaleza», de «vida orgánica-vegana», era lógico que tal despliegue de innovación científica te capturara casi de inmediato.

¡Mirá, ahí viene! Es ella, loco. Es puntual, ¡y está linda,

chocho! ¡Que chulada de rostro, poeta! Parece europea, vos.

La verdad, es mucho más de lo que has conseguido en toda tu jodida vida, ¡jueputa!

Podrán decir que está un poquito paliducha y algo flaca, pero así te gustan a vos ¿verdad, poeta? Así como góticas.

¡Andá, pues! ¡No te quedés callado, maje!

…

No sos muy creativo, te diré. «Hola, mucho gusto, yo soy Abel.» ¿Y quién más ibas a ser? Ella ya vio tu foto y toda tu aburrida historia en el perfil de Duoo.com. De plano no sos James Bond, maje. Pero eso si habría estado más original: «Mi nombre es Bond, James Bond.»

Ella es más sencilla, pero mucho más elegante cuando te dice:

—Podés llamarme Lily.

—Me gusta el nombre de usuario que te pusiste. «WhiteRose» es muy poético —le decís. Sos un cursi.

—Lo puse sin pensar. Lily es mejor.

Asentís y luego la llevás a un rincón acogedor dentro del mismo bar. Le preguntás si se toma algo y acepta: un Vodka Tonic con bastante limón. Vos pedís otro, porque la verdad, no sabés qué putas pedir.

Dos, tres, diez palabras y ya estás hechizado. ¿Y cómo no estarlo con esta chulada de rostro de ángel pintado por Da Vinci? Como te decía, está algo flaquita, fijate, pero es linda. Tiene un no sé qué como mágico.

Por eso, no dejás de ver sus manos que aletean alegres cuando habla, sus labios de un rosado pálido, que te recuerdan a un estanque secreto en medio de un jardín bajo el sol del verano.

Las manos que son gaviotas y la boca, alberca de aguas diáfanas, te tienen, ahora, cuatro horas después, frente a la puerta de tu apartamento, a punto de entrar con una desconocida, a quien creés conocer, para cumplir con el explícito y establecido deseo de hacer el amor, conforme ella misma te lo ha solicitado.

Es increíble, loco. En veintisiete años de vida no has pescado ni un resfriado, y hoy te salta encima la trucha más deliciosa del estanque.

¿Será una ladrona, vos?

Mientras buscás las llaves en todos tus bolsillos, nervioso porque parece inminente que vas a mojar la brocha (después de una vida entera de celibato), una sensación impertinente y mezquina está va de joder, halándote las orejas, haciéndote cosquillas en la panza, pinchándote el culo, clavándote los dardos de la misma conchesumadre pregunta ¿Será una ladrona, vos?

Pero bueno, ya está, encontraste la llave, abriste la puerta, y en la complicidad de las sombras de pronto estás sin camisa, sin pantalón, sin calzoncillos, sin pudor, sin calma y con la lanza en ristre, dispuesta a masacrar lo que se le ponga por delante.

Y así fue la primera noche con Lily, y la última de tu castidad. Trafalgar, combate naval sobre el océano de tus sábanas, y vos hundiendo la flota en la espuma entre sus muslos. Fue un coito desesperado, de profundos gemidos y repentinos sobresaltos en los que subías al cielo y caías en el infierno casi en simultáneo.

Afuera, la peste comenzaba a danzar sobre las calles solitarias de la ciudad. Llegó abrazada a un guitarrista alegre que venía llegando de Nueva York, para encontrar una tierra que solo existía en su recuerdo, y un amor que, por algún milagro o ironía, le había esperado por diecisiete años, solo para morir cuatro días después a causa de la plaga que el músico arrullaba en su saliva.

Pero esa es otra historia. A vos, anoche solo te importaba esa piel blanca, aterciopelada como la superficie de un durazno, que te envolvía en el más exquisito retozo que jamás te hubieras imaginado. Tu primer polvo, con un ángel que tuvo que haber sido dibujado por Leonardo Da Vinci.

WhiteRose…

2

La criatura angelical amanece entre tus brazos, acurrucada, con sus caderas entre tus piernas, y su espalda pegada a tu pecho. El espejismo no se ha desvanecido y vos estás envolviendo esa aparición seráfica con el calor de tu cuerpo.

Dudás, por un instante, que la felicidad sea instantánea. Pero aquí está, transfigurada en esta chavala de rostro renacentista y cuerpo delgado, con el deseado relleno en las partes más importantes.

Te quedás contemplando sus hombros que parecen cubiertos de leche espumosa; el cuello grácil, sensual, del que nace esa cabellera corta, de pelo de seda, tan negro como los abismos de la noche.

Entonces, un diablillo desconocido hace su aparición en tu torrente sanguíneo, y antes de que podás defenderte, te clava el ponzoñoso dardo del amor en el pecho. Vuelven a buscarse en el sexo, pero esta vez algo ha cambiado en la ansiedad de tu corazón. Las riendas que te arrastran hacia ella ya no están anudadas por la lujuria, sino por una inconmensurable necesidad de completarte, de volverte parte de un todo misterioso, mágico e indisoluble.

El olor a semen y humores vaginales todavía llena tu habitación cuando la ves levantarse, vestirse, arreglarse el pelo y volver su mirada hacia vos. Unos ojos que te miran con un hambre voraz y, diríase, eterna.

—Sos idéntico —te dice, y no entendés. ¿Idéntico a quién? Por primera vez, el demonio verde de los celos te hinca los dientes en el alma. Desde ese momento, tus pensamientos son como el remolino pardo y sucio de la mierda que desagua por el excusado.

Pero no te atrevés a preguntar. Así es como se acumula la basura en tus entrañas.

Ella se acerca a vos, se inclina, te besa, da la media vuelta y sale de tu habitación, de tu apartamento, de tu mañana, dejándote dicha una sola frase:

—Voy a volver.

Te has pasado el día entero pensando en ella, en Lily, el ángel de labios gruesos y rostro pálido que te succionó el alma con su vulva insaciable y su abrazo desesperado.

WhiteRose…

«¿Y si ha ido a verlo? ¿Al otro? ¿Al que se parece a mí?», te susurran los celos con impertinente constancia. Las voces también te recriminan haberla dejado ir. Debiste haberla obligado a quedarse, a seguir cogiendo con el imparable frenesí de aquellos que ven cercana la muerte.

Viviste toda una vida huyendo del contacto humano, ahora que alguien te ha acariciado el espíritu, ya no podés vivir sin paladear la sal de su piel. Te jodiste, poeta.

La insondable soledad te empuja a escribir los más desgarradores versos que hayás escrito en toda tu vida. Garabateás a mano, con pluma de tinta roja, sobre el cuaderno de papel reciclado y fundas de cuero en donde vas acumulando obras maestras. Pero nada llena el vacío de su ausencia.

El sol ya besa la curva de los montes cuando llaman a la puerta. Corrés, abrís y es ella quien se lanza a tus brazos, y te come la boca en un beso que inunda tu cuerpo con la cálida sensación de seguridad y paz que has anhelado todo el día.

No hay palabras, el único lenguaje permitido son las caricias, los rasguños en la espalda, las mordidas en los labios, tus dedos en su boca y los de ella en la tuya, los tirones de cabello, tu lengua humedeciéndole el jardín de las delicias y su boca comiéndote el eje de tu masculinidad, los abrazos incandescentes y la fluorescencia que surge de la unión de tu falo con su vagina.

WhiteRose…

La noche se consume en la pólvora de la incontenible pasión.

Con el agotamiento, llega la paz, y con la paz, surgen a

la superficie, de nuevo, las palabras que parecían haberse exiliado de este mundo.

—Te am... —vas a decir la palabra prohibida y ella te calla con un beso, largo, húmedo, de lenguas convertidas en boas entrelazadas mientras se aparean.

—Yo también —te dice Lily después, con sus ojos que ahora son dos gotas de lava viva—, pero no digás nada. Cada palabra nos roba un segundo de tiempo.

Te dejás abrazar, sus piernas se entrelazan sobre tus caderas. Su diminuto pie, desnudo, recorre tus nalgas, tus muslos, tus pantorrillas, hasta posarse sobre la planta del tuyo. Te gusta.

Pero la paz eterna no existe para los amantes, y la voz del diablo de los celos reaparece con la misma pregunta que no podés evitar:

—¿A quién decís que me parezco?

Lily ha intentado apagar tus palabras, pero sus dedos sobre tus labios no han llegado a tiempo para impedirte terminar la frase.

Baja la mirada, acaricia tu mano, una lágrima desciende por su mejilla.

—Es alguien que murió hace mucho tiempo. Muchísimo antes de que vos nacieras.

—¿Pero cómo...?

—¿Sos feliz conmigo? —te pregunta ella.

—Sí, pero...

—Entonces, no perdamos el tiempo con cosas que no importan. ¿Qué harías con los segundos que tenemos si yo te dijera que solo nos queda un día más para estar juntos en este mundo?

Te quedás callado. Está bueno que te pase por imbécil. ¡Tenés un ángel entre tus brazos, y salís con una pendejada como esa! Con razón has vivido solo toda tu vida, poeta.

Ella adivina, en tu mirada, la desolación que se ha adueñado de vos. Te arrulla con una ternura maternal, y te llena de besos el cuerpo entero hasta que vuelven a entregarse al amor.

En algún momento de la noche, ya rendidos ante la tiranía del sueño, sentís que ella no está allí, acurrucada a tu lado, pero una invencible pesadez se ha apoderado de tus párpados y seguís durmiendo a pesar de la ansiedad que te hace cosquillas en el cerebro.

WhiteRose… Lily…

3

Cuando el sol traspasa las cortinas de tu habitación, ella aparece haciendo a un lado las legañas de tu sueño, desnuda, abrazada a vos, contemplándote en silencio.

Una alegría, que hasta ese momento desconocías, te invade.

Se acerca, te besa, hace un remolino con tu espíritu.

—¿Quién sos, Lily, WhiteRose, amor? —apenas terminás de hacer la pregunta y sabés que has dicho algo estúpido porque eso no importa. Lo que sí es relevante es que ella sigue aquí, pegadita a vos, piel de tu piel y calor de tu vida.

Una lágrima brota de sus ojos.

—Me has enseñado tanto —te dice. Se aparta y se pone de pie.

—¿Te vas?

—Tengo mucho más trabajo que ayer. Pero también hoy voy a regresar.

Una inexplicable sensación de orfandad te inunda el cuerpo, viene acompañada de un hielo que te pone la carne de gallina.

—Desde ya te extraño —le decís—, es como si cada vez que te vas me quedo más vacío.

—También yo siento lo mismo —te responde y se va.

Querés escribir y las palabras se atoran en los recovecos de tu mente. Tomás un libro que has estado leyendo desde hace un par de meses y no lográs terminarlo. Es corto, no más de cuarenta páginas, un libro de poemas de Cesárea Tinajero, el único que la fallecida poeta publicara, aunque póstumo, y que la convirtió en un mito para toda una generación de jóvenes poetas mexicanos en la década de los 80. Su vida estuvo rodeada de misterio, desapareció de la escena por décadas y murió en medio de una balacera, en circunstancias confusas. Poco tiempo después, alguien encontró sus versos y los publicó, desatando una fiebre sin precedentes por su obra. Durante años quisiste conseguir una copia del poemario, y ahora que por fin lo tenés, no podés pasar de los primeros diez poemas. Son buenos, también son crípticos, pero no lográs juntar las ganas para seguir adelante con la lectura. Mucho menos ahora, *WhiteRose* ha taladrado tu cerebro y se encuentra en lo más profundo de él, comiéndote los sesos.

«¿Y si me mintió? ¿Si ha ido a verse con ese tipo al que ella dice que me le parezco? Deben estar cogiendo, ella es insaciable, tiene que estar revolcándose con él». Vos solito te comés la mente, poeta. Puta, ¿no te basta con que la chavala te haya escogido a vos de entre los cientos de miles de majes que pudo haber conquistado aquí en Managua? Sos pendejo.

Mejor encendés el *SmartWall*, necesitás algo que te distraiga. En la pantalla aparecen las noticias de la mañana: cinco muertos a causa de un extraño virus que recién se detecta en la ciudad, una decena más de ingresados con los síntomas, rumores de un nuevo caso de corrupción, dos arrestados por narcotráfico.

Quitás las noticias, esas no te van a calmar nada. Ponés la aplicación de música para relajación, te tendés sobre la cama y clavás la mirada en el cielo falso. Cuando menos acordás, la mitad del día se ha disuelto como granos de arena en el mar del tiempo.

Regresó hace media hora y está ahí, callada, acurrucada en el sillón, frente al *SmartWall*, con sus grandes ojos grises clavados en la pantalla, atenta al recuento de víctimas del virus. Los muertos han aumentado de manera exponencial y los hospitales pronto serán insuficientes para la cantidad de enfermos que llegan en busca de auxilio médico.

La lengua te quema por preguntarle la burrada que has estado rumiando toda la tarde. Sos pendejo, poeta. Sos un intestino, tóxico, perfecto para hacer mierda la felicidad que ha venido a buscarte a tu propia puerta. Y aunque tu cerebro, tu corazón, y yo te insistimos que no vayás a abrir la jeta, tu estupidez es más fuerte que todo y soltás la pregunta:

—¿Por qué lloraste por él, si murió antes que yo naciera?

No debiste haberlo conocido jamás.

Lily te mira con misericordia. Se levanta del sillón, apaga el *SmartWall*, se desnuda frente a vos dejando relucir la luminosidad de su piel en la penumbra de la sala. Se acerca. Te desviste con paciencia de tortuga. Besa tu boca con la pasión del amante que no volverá. Deja que le acariciés el pubis hasta que la humedad corre por tus dedos y, tras el primer temblor que estremece su cuerpo, te toma de la mano y te lleva hasta la cama, que aún está sin arreglar desde hace tres días. Está por demás describir las atrevidas acrobacias de las que es mejor dejar, como único testigo, al lecho taciturno en el que, antes de ella, solo dormías con tu soledad.

La medianoche se acerca. Ella te despierta con un beso.

—Lloro por él porque lo amé —te dice. Hay lágrimas en sus ojos.

Un pánico silencioso se apodera de tu garganta, no podés articular palabra alguna. El poeta se ha quedado sin versos.

—Sí lo conocí. Yo estuve allí desde que él fue concebido, cuando nació, a lo largo de su vida y en el momento de su muerte —Lily habla con una seriedad que te hace imposible cuestionar la veracidad de sus palabras.

—¿Pero cómo? —es lo único que logra estructurar la torpeza que te enreda las ideas.

—Vos sos él en todo, pero vivís en otro tiempo —las palabras de Lily te dejan aun más aturdido y le decís que no entendés nada, que estás confundido. Ella te sonríe, con esa mirada de profunda misericordia. Ahora, en lugar de parecer un ángel renacentista, tiene el rostro de una madona mártir.

—¿Todavía lo amás? —le decís mientras el mundo gira a tu alrededor.

—Sí, por eso vine a vos.

Ahora, las lágrimas corren por tus mejillas, poeta.

—Nos queda poco tiempo, unas cuantas horas. ¿Cómo querés que vivamos estos instantes? Te concedo ese deseo —ella habla envuelta en un intoxicante perfume con aroma de amor. Tu corazón palpita desbocado al percibirlo.

—Soy una candela y vos, el fuego. Si mi destino es que me consuma pronto, que sea por tu llama —al fin le hacés un poema, y este se le clava en el pecho.

—Antes de que el día de mañana termine, vas a morir, Abel. Pero yo te voy a sostener en mis brazos cuando ese momento llegue, y después, mi amor, vamos a caminar tomados de la mano.

—¿Sos una asesina en serie? —le preguntás en medio de un letargo similar al que produce el consumo de estupefacientes.

—Yo no mato a nadie, mi amor. Ese es trabajo de la Muerte. Mi labor es guiar a las almas por la senda del Más Allá. Soy lo que ustedes llaman, un psicopompo, un ángel que conduce a los muertos.

—Esto es una locura —decís, aunque apenas no se escuchan tus palabras.

Ella entiende tu confusión. Te da un beso largo, tierno, que se convierte en un bálsamo de paz. De pronto, es como si todos tus sentidos se abrieran a otras realidades hasta entonces ocultas en el entramado del universo.

—Estuve presente en los primeros tiempos de la Creación —las palabras de Lily mantienen ese tono de convicción que avala su veracidad—. Presencié el nacimiento del primer hijo de Adán, Caín, y el del bebé que le siguió, Abel. Y, por alguna razón, amé a este último con intensidad desde el momento en que nació.

Lily te toma de la mano, mira tus ojos y es como si para ella se proyectara la historia de la humanidad de inicio hasta la actualidad.

—Ya sabés que Caín mató a Abel —te dice—, esa fue la primera alma que guié hacia los infiernos, y nunca más supe de él porque no me fue permitido. Lo anhelé por siglos, hasta que hace poco, no más de tres días atrás, te encontré y supe que llevás la idéntica huella de mi amado.

—¿Pero cómo es posible?

—Cada uno de ustedes, los mortales, tiene un código, irrepetible, en él va toda la información que los identifica en cuerpo, alma y espíritu.

—¿El ADN?

—Como lo llamen. Es una probabilidad abismal que ese código se repita, pero vos tenés el de Abel, no sé cómo ni por qué, así que tuve conocerte para comprobarlo.

—¿Y por qué tengo que morir? —le decís con un leve tono de reproche.

—Porque así ha sido decretado. Nadie puede cambiar eso. Hace tres días te cruzaste con un hombre que llevaba una guitarra. Intercambiaste unas palabras con él y en esas palabras iba un espíritu de muerte.

—¿Un virus?

—Vine a Managua a recoger las almas que morirán por ese

espíritu. Vos estás entre ellas, y voy a volver a perderte.

—¿No queda nada por hacer? —tu voz ha cambiado su tonalidad, revela tu desesperada necesidad de absolución, justo ahora que has encontrado el amor.

—Solo lo que has pedido, lo que anhela tu corazón: consumir tu último aliento conmigo.

Pensás que es irónico. Ella te ha esperado a través de toda la historia, vos has vuelto de manera inexplicable a sus brazos, en tres días han consumado su amor y ahora, se repite la despiadada separación.

Entonces, te das cuenta de la irreductible verdad del tiempo relativo, de que un segundo puede ser la eternidad o que un milenio puede caber en un grano de arena, y una inexplicable paz te llena el estómago, los pulmones, la tráquea y sube hasta tu mente. Te inclinás sobre ella para darle un beso. Lily te recibe con deseo. Un calor agradable los anuda.

Van a hacer el amor durante una eternidad, poeta, o unos cuantos minutos, es lo mismo, hasta que llegue el tiempo de tu segunda muerte.

Tegucigalpa, 10 de julio, 2020

Náufragos

ável Bondarenko apagó la transmisión antes que Alonso Sitamul regresara. El cosmonauta trató de calmarse temiendo que la agitada respiración lo fuese a delatar.

Bondarenko todavía no atinaba a decidir cómo reaccionar ante lo que su comandante, el general Túpolev le acababa de decir: el mundo entero recién se enfrascaba en una conflagración a muerte, una guerra termonuclear. Rusia y Guatemala eran ahora, de manera oficial, naciones enemigas en bandos opuestos entre los grupos beligerantes. Por tanto, el coronel Bondarenko debía cumplir, de inmediato, la orden de bloquear todas las transmisiones, liquidar al mayor Sitamul y abordar el módulo de escape para descender al Océano Índico en donde un portaaviones ruso lo rescataría.

«¡Mierda!», pensó Bondarenko. En ruso, por supuesto. Dieciocho meses de camaradería en medio de la soledad del espacio no eran fáciles de olvidar así nomás.

Hubiese sido imposible predecir aquel giro en la política exterior de su país. Un par de meses atrás, ambas naciones celebraban el fructífero acercamiento de sus gobiernos y ahora eran enemigos a muerte.

Todo por culpa de los yanquis. ¡Cabrones! Tenían que entrometerse en los asuntos del mundo entero y de paso cagarse en lo que encontraran a su paso. Para colmo de males, si Túpolev no exageraba, y seguro que el general no solía hacerlo, esta vez el conflicto se dirimiría con armas letales que, según el mismo comandante, ya surcaban los cielos de la gran esfera azul.

Aún no desmantelaba el equipo de comunicaciones así que todavía escuchaba las órdenes que iban y venían envueltas en la histeria de la inminente catástrofe. Oírlas hizo que por sus venas ya no corriera la sangre, sino un líquido frío y viscoso que lo mantenía al borde de la hibernación.

Intentó liberarse del sopor del pánico. Tenía que matar a Sitamul. El asunto es que no tenía la menor idea de cómo hacerlo. En la estación espacial internacional no había armas. Además, sería suicida tenerlas; una bala perdida atravesando el casco de la nave orbital bastaría para mandarlos a todos al carajo.

No tenía el coraje de asesinar a su amigo con sus propias manos.

Pero ahora eran enemigos.

Sí, ¿pero a cuenta de qué lo eran? Sitamul no le había hecho nada malo a él, nunca. Por el contrario, en más de una ocasión, Bondarenko puso su vida en manos del guatemalteco y este siempre estuvo a la altura de las circunstancias.

«En un par de minutos estará de vuelta», volvió a pensar en ruso Pável Bondarenko.

Desesperado, revolvió la caja de herramientas y tomó de ella un desarmador.

Escuchó el ruido de Sitamul acercándose por el tubo 4.

Un brillo homicida, similar al que destelló en los ojos de Caín, más de quince mil años atrás, relumbró en la mirada del ruso.

«Destruya el equipo de comunicación, liquide al mayor Sitamul, tome la cápsula de escape y descienda sobre el Océano Índico. Allí lo recogerá el portaaviones Shtorm para traerlo de vuelta a casa», las órdenes de Túpolev hicieron eco en la mente de Bondarenko mientras Sitamul se acercaba.

—¡Vos, pisado! ¿No oís que te estoy llamando? —gritó el guatemalteco desde el tubo 4. Lo dijo en ruso, claro, aunque pisado no tenga una traducción tan exacta en el idioma de Dostoyevski.

Bondarenko apretó la quijada, cerró el puño alrededor de la herramienta, con su experiencia técnica no se demoró en quitarle un par de chips al cerebro de comunicación y, listo, no hubo más contacto con la Tierra.

—Mirá, vos, ¿estás sordo? Ya ratos te estoy va de gritar que se encendió una alarma en el tablero del centro de comando, pero no logro atinar qué putas es lo que ha detectado, pues —le dijo el guatemalteco mientras asomaba la cabeza por el acceso al tubo 4.

«¡Este es el momento!», pensó el ruso, «Está vulnerable. Le clavas el desarmador en la yugular y se acabó».

La mano conectó sus movimientos a los impulsos nerviosos emanados por el cerebro, el puño se crispó sujetando la herramienta convertida en mortífera daga, se activó el genoma responsable del homicidio, las guerras y la habilidad de traicionar —notablemente desarrollado en los políticos—. Bondarenko se abalanzó sobre Sitamul, pero en el último segundo, soltó el desarmador, tomó a su compañero por el cuello del traje espacial y lo sacó del tubo de un tirón.

—¡Se ha desatado una guerra nuclear! —dijo el ruso.

Sitamul lo miró con horror. Apartó a Bondarenko de un empujón y se impulsó hacia el equipo de comunicaciones. Estaba muerto, no emitía señal alguna.

—¿Y ahora qué putas hacemos? —dijo el guatemalteco.

—Esperar —respondió el ruso.

—¿Y si no quedan recursos para venirnos a traer? O peor aún, ¿si no queda nadie que nos rescate?

—Estamos jodidos —Bondarenko miró por la gran ventana de la sala de comunicaciones hacia la esfera terrestre y alcanzó a ver los destellos que se iban multiplicando sobre la superficie del planeta. Decidió que jamás le revelaría la verdad completa a Sitamul.

—Todavía queda la cápsula de escape. Podemos regresar —había un rayo de esperanza en los ojos del mayor, pero al ruso le pareció, más bien, una chispa de demencia.

—¿Regresar a qué? —le dijo Bondarenko con un tono acre, de derrota—. No va a quedar nada... ni nadie.

Un nudo de orfandad se le atoró en la garganta al guatemalteco quien, de golpe, recordó a su mujer y a sus hijos, a sus padres, sus hermanos, sus parientes, sus amigos y a todos los que alguna vez quiso y acababan de dejar de existir sobre la superficie de la Tierra.

Los dos, uno junto al otro, comenzaron a llorar mientras millares de centellas cubrían el globo azul.

Una idea se le clavó en la mente a Bondarenko. Estiró el brazo, apretó un botón digital sobre el panel de sonido, y seleccionó la carpeta de música. Abrió el archivo de su banda favorita, Fleetwood Mac, y eligió una canción compuesta por Christine McVie.

Don't stop thinking about tomorrow
don't stop, it'll soon be here
It'll be, better than before
yesterday's gone, yesterday's gone

Tegucigalpa, 7 de julio, 2020

-3-

Apocalipsis

El signo

Los primeros en abandonar el país fueron los parias, los olvidados, gente de la más baja condición social, con pocos o nulos estudios, sin empleo, sin dirección, sin esperanzas. Huyeron en caravanas masivas, de quinientas, mil, dos mil personas. Pudo ser la superstición, los malos augurios vertidos por los brujos, los apóstoles, o los profetas. La razón es aún desconocida, pero los que creyeron los vaticinios, los que vieron señales en el cielo, la sangre en el mar, los pájaros desplomándose sobre los estériles campos, ellos, a quienes todos despreciaban, fueron los que huyeron de la peste antes que los demás.

Su salida causó conmoción en las naciones. Se levantaron barreras en distintas fronteras, batallones de soldados, helicópteros artillados, tanques y murallas de infinita longitud haciendo cercos de concreto y alambre de púas entre países.

Los poderosos no se movieron. Creyeron que su poder los haría inmunes. Entonces, llegó otra calamidad que no se esperaban: la falta de pobres los dejó sin la servidumbre que necesitaban para sentirse poderosos. Es cierto que aún tenían empleados, las clases medias que siempre les habían sido útiles. No obstante, hubo labores que se negaron a realizar; recoger basura, limpiar la mierda de ancianos dementes, recoger la cosecha de café, entre otras. Intentaron hacerlos trabajar por decreto, pero de poco les sirvió la medida porque para entonces, también comenzaron a morir los ricos y sus asistentes cercanos.

Hasta ese momento, se convirtió en máxima alerta lo que solo había sido una noticia para redactar encabezados de periódicos y rellenar la nota roja de los telenoticieros para aumentar ratings y circulación aprovechando el morbo de la distinguida audiencia.

El Gobierno decretó estado de emergencia al ver a las élites caer como pollos desnucados ante el embate de la plaga. Pero, a lo único que atinó fue a nombrar comisiones de investigación que pronto se mostraron inútiles, como solía ocurrir en situaciones semejantes. La crisis se agudizó.

El éxodo se volvió universal. Ricos y pobres, bellas presentadoras de televisión y empresarios no muy agraciados, intelectuales que leían a Kropotkin y a Bakunin en las terrazas de los cafés tres chic y diputados analfabetos con título universitario, prostitutas que cobraban sus favores de contado y beatas que lo hacían al crédito, vagos e ilustres artistas, todas, todos, se dieron a la fuga. Unos, los más pudientes, tomaron rumbo a Berna, París, Amberes y Londres. Otros a Austin, Virginia, Nueva Orleáns, Los Ángeles y Nueva York. Una gran parte se conformó con México, Guatemala y Costa Rica.

El presidente, quien no quería aceptar haber sido derrotado por la fuerza de la Naturaleza, y a escasas semanas de lograr su cuarta reelección, se negó a salir en esa segunda oleada de fuga. Mientras haya a quién gobernar, gobernaré, se asegura que dijo. Eso le costó la vida. Por ello, no faltaron los que pretendieron canonizarlo como mártir de la diáspora, incluso, hubo una comisión que viajó al Vaticano para rogar por su canonización, pero la comitiva nada más utilizó los fondos del erario público para fugarse a Italia y quedarse allá en calidad de refugiados.

Los últimos en marcharse fueron los militares, los curas —los de base, porque los príncipes de la iglesia se largaron con la comitiva que había partido en busca de la intercesión del Vaticano y estaban, a esas alturas, elevando oraciones al Altísimo, en compañía del Santo Padre, rogando por la salvación de los pobres miserables que se quedaron atrás—, los pastores evangélicos de barriada y aldea. Los apóstoles, por otro lado, ya estaban dando su testimonio en las mega-iglesias de Miami y Puerto Rico. Los demás que aguardaron hasta lo último fueron los pesimistas, los enajenados y los más miserables de los miserables.

Con el último mariscal de campo y el último almirante, se desbandaron las tropas, se desató una carnicería atroz y el país quedó en el abandono total.

Otro grupo que quedó tras el apocalipsis fue el de las «cucarachas», individuos dedicados al pillaje de los bienes abandonados tras el pánico de la huida. Las crisis son una oportunidad de negocios, este era el lema de las «cucarachas» y, fieles a su creencia montaron una lucrativa empresa que se convirtió en la única línea de comunicación con el exterior. Entre los miembros de esta industriosa cofradía me encontraba yo.

Tras el caos, una calma tenebrosa se esparció como la niebla por todo el país. Cada uno, oculto en su guarida de miedos y sospechas, cobijados, con periódicos viejos y trapos raídos, del clima invernal que vestía de escarchas cada municipio de esta tierra.

Así habríamos permanecido por muchos siglos, agazapados en nuestros temores, bajo el albergue de las sombras, si no hubiera aparecido el Profeta.

Nunca supimos quién había sido él antes del cataclismo, nadie pudo dar fe de su procedencia o de lazo alguno que lo uniera a nuestro pasado. Lo cierto, es que apareció un día recorriendo cada autopista, cada calle, cada sendero. Vestía un manto que alguna vez fue blanco y que luego fue adquiriendo el tono pardo de la mugre, el desgaste y la sangre coagulada. Caminaba descalzo, con los pies hinchados de tanto tragar andares y caminos. Al pie de la calva que lo coronaba, crecía una cascada de cabellos hirsutos, con mechones blancos enredados con negros, y haciendo juego con tal apariencia salvaje, colgaba de su rostro una enredadera de pelos a modo de barba. Portaba un palo grueso y largo rematado por un estandarte rojo en cuyo centro lucía el dibujo de un signo, un emblema de apariencia mística, que producía un estremecimiento profundo entre los pulmones y el hígado.

Pero lo que nos dejó con el pasmo acogotado en las laringes fue un portento digno de ser parte de las alucinaciones más febriles: flotando a un metro sobre la cabeza del Profeta, refulgente y aterrador, batía sus alas un ángel de enormes proporciones.

Aquella imagen nos atrapó. No hubo quien mostrara indiferencia ante el dúo de apariencia temible e irradiante aspecto. Antes de que el Profeta apareciera, llegué a pensar que apenas éramos unas cuantas docenas de personas las que nos habíamos quedado en el país. Pero, cuando aquel loco empezó con su pregón de tres sílabas, surgió una masa de acólitos ávidos por seguirlo bajo el estandarte de aquel enigmático signo. Fue apenas un puñado el que se unió al inicio, pero pronto el número de conversos aumentó a las decenas, luego a las centenas y, por último, a los millares. De lejos, la abigarrada masa humana se veía como un dragón oscuro que reptaba sobre los campos y las calles. El estandarte en donde se desplegaba el místico signo del profeta, semejaba el fuego exhalado por las fauces de la bestia.

Por aquellos primeros días, un soplo leve y cálido anidó en nuestros corazones, más de uno imaginó que se trataba del resurgimiento de la esperanza. Por mi parte, la sonrisa no se borraba de mi boca, vivía en una dicha serena, tanto que ya pensaba en un futuro.

Y no es que el mensaje del Profeta fuera una revelación extraordinaria, puesto que su único discurso se limitaba a una sola palabra: ¡Libertad!

La pregonaba en todo lugar por donde pasaba, sin oratoria adicional ni adornos de adjetivos preciosistas. Tan solo esa única palabra bastaba para que todos abandonaran los refugios, las cloacas, las cuevas, y siguieran al agorero loco y al ángel que, envuelto en luz fluorescente, flotaba sobre su cabeza.

Caminamos siguiendo aquel pregón. ¡Cuánto caminamos! Desde la costa norte hasta los manglares del sur. Atravesamos las montañas de occidente y llegamos a las pampas orientales. Anduvimos por todo valle, cordillera, sabana y meseta que pudimos atravesar, íbamos gozosos, como un niño que recién encuentra un juguete muy apreciado y que por mucho tiempo estuvo perdido.

Eso fue lo que nos destruyó: la esperanza, la expectativa.

El conflicto estalló cuando llegamos a la frontera de la selva misquita. Un tufo a mal augurio invadió mi olfato cuando arribamos a ese paraje.

El Profeta señaló en dirección al indómito follaje de la jungla para que continuáramos nuestra marcha en ese rumbo, pero nadie dio un solo paso. Una cosa era ir de aquí a allá por autopistas, carreteras, caminos e incluso por veredas de herradura, otra, muy distinta, era penetrar en aquel monstruo verde de senderos laberínticos y de callejones sin salida ni retorno, en donde la ponzoñosa barba amarilla, la tarántula, el jaguar y la hormiga antropófaga tenían sus dominios.

Como el Profeta se negó a marchar en otra dirección que no fuera aquella, nos quedamos en el lugar, esperando que nuestra rebeldía cambiara su parecer. Pero al cabo de varias semanas, su determinación seguía inmóvil, y para nuestra angustia, los víveres comenzaron a escasear.

Algunas bandas de rastreadores salieron en busca de caza o de lo que pudieran encontrar para abastecer el campamento. Pronto resultó ser insuficiente todo esfuerzo y el hambre se fue extendiendo.

Los más adultos y sabios se acercaron a él para pedirle rectificar la ruta, volver a lugares más acogedores, pero la respuesta fue siempre la misma, el dedo apuntando hacia oriente, en dirección a la selva, y el grito que no se disolvía en el aire: ¡Libertad!

Así nos fuimos quedando, con resignación, pero con el resentimiento, como una víbora, anidado en nuestros corazones.

Se extendieron las murmuraciones, el recelo, la angustia

y el miedo. Ya nadie sabía la razón del por qué estábamos allí, esperando quién sabía qué. Entonces, un niño murió de hambre, le siguió una anciana y, luego, dos hombres. Cuando llegamos al centenar de muertos por la inanición, estallaron las peleas.

Iniciaron como un pleito por víveres. Mientras las bandas se masacraban por un mendrugo, otros aprovecharon para robar, fueron descubiertos y los lincharon.

Más sangre, más violencia y, por último, una matanza extendida a las puertas de la jungla. Los que pudieron, se lanzaron hacia el follaje para evitar las cuchilladas, pero siempre hallaron la muerte. El lugar se convirtió en el escenario de la más cruenta batalla que se pudiera imaginar. No hubo discriminación alguna, niños, mujeres, ancianos, cayeron cortados en tajos, tantos como jóvenes y hombres.

En algún momento se alzó la figura del Profeta, con su ángel luminiscente y su bandera con el signo misterioso. Seguía gritando «Libertad», agitando sus brazos en un patético intento por detener la masacre, con su rostro transfigurado por el horror, pero fue absorbido por la turba en un segundo.

Alguien lazó al ángel del tobillo y se lo tragó el gentío eufórico. Lo último que yo pude ver, fue el signo que aún ondeaba en el raído estandarte.

Fue una carnicería.

Sobrevivimos menos de un centenar, sin fuerzas ya para pelear entre nosotros. No había energía alguna para alzar el machete o descargar el golpe del garrote. Poco a poco, fuimos abandonando el lago de sangre que quedó después de la batalla. Yo estuve entre los últimos en irnos.

La imagen final que quedó grabada en mi mente, fue el despojo triste de aquella trinidad absurda, a la que habíamos seguido hasta la matanza, al borde de la espesura. Del ángel nada más quedó una masa cenicienta y un par de alas chamuscadas que apestaban a pollo cocido. En cuanto al Profeta, solo le dejaron reconocible el cráneo de testa calva y cabellos hirsutos en la parte posterior de la cabeza, el cuerpo debió haber quedado debajo de los millares de cadáveres que cubrían el campamento.

El estandarte, de un tono malva como la sangre, yacía solitario, tendido sobre la laguna carmesí. Aún mostraba el signo, que un día significó la esperanza, dibujado en su centro.

Tegucigalpa, febrero 1986

-4-

Pos-apocalipsis

L os milagros no existen —dijo Erasmo cubriendo al bebé con la sombrilla. Al mirar a la criatura, supo que se deshidrataba muy rápido, no sobreviviría el viaje.

Aura lo quedó viendo, había reproche en su mirada, pero no dijo nada. Siguió caminando detrás de él.

—Todo es mentira, no hay ninguna fábrica de nubes en el norte. Si fuera cierto, los demás nos habrían seguido —insistió Erasmo—. Éste va a ser nuestro último viaje, mejor habría sido si el Gran Líder nos hubiera prohibido venir.

—Para él somos tres bocas menos a quienes darles agua —dijo Aura, su voz seca, su mirada fija en el horizonte—. Además, prefiero morir aquí que siendo esclava del Gran Líder y sus mentiras sobre el Jardín de Odom.

—¡Estás loca! Nos arrastrás a la muerte con tu lunática idea de un paraíso en donde llueve agua y los ríos corren sobre la tierra. Entendelo, las nubes son un invento, un mito, vamos a morir en este desierto y nuestros huesos se van a convertir en más polvo sobre este polvo, no hay esperanza... los milagros no existen.

—Ahorrá fuerzas... callate.

—Por pura suerte hemos llegado tan lejos, pero ya no podemos regresar y no hay nada delante de nosotros.

—Hay agua y la vamos a encontrar. Si no estabas de acuerdo

no hubieras venido —las palabras de la mujer eran tan secas como el desierto bajo sus pies.

—¿Y dejar que mi mujer y mi hijo vinieran solos? Me habría convertido en la vergüenza de la tribu —dijo el hombre con el reproche anudado con fuerza alrededor del cuello.

Aura apretó el paso hasta colocarse frente a Erasmo. Sin decir una palabra le quitó el niño de los brazos y la sombrilla de la mano, luego, reinició la marcha con el ceño fruncido y la expresión testaruda en dirección al norte.

Erasmo la siguió.

Llegó la tarde y el bebé seguía con vida. Aura aún lo cargaba en sus brazos, sin disminuir el ritmo de su marcha.

Erasmo caminaba de nuevo al frente, su mirada no era como la de Aura, decidida, por el contrario, sus párpados sucumbían al peso de la fatiga, con las cejas y las pestañas cuajadas de polvo y sudor.

—Los milagros no existen —dijo, pero no para que lo escuchara su mujer, sino para convencerse a sí mismo de que tenía razón.

Aura volvió a adelantarse, se detuvo frente a Erasmo, tiró la sombrilla a un lado y sacó el puñal de la funda que llevaba a la cintura.

—¡Estoy harta! Vos estabas conforme con ser esclavo, conforme con romperte la espalda por dos tazas de agua al día, conforme con que el Gran Líder abusara de mí cada vez que se le antojara, pero yo no. Es posible que los milagros no existan, pero la libertad sí, y yo prefiero morir libre en este desierto que bajo el hediondo aliento del Gran Jefe. Mi hijo y yo no vamos a volver con la tribu.

La hoja del puñal brilló bajo el cielo carmesí de la tarde a la vez que Aura la hacía descender sobre el cuello de la criatura.

Pero Aura no hizo nada, el filo del arma no tocó su piel ni la de su hijo.

La acción quedó congelada por la mirada de Erasmo quien mostraba algo más que el horror de ver a su mujer suicidarse junto con el bebé, miraba más allá, atónito.

Ella pudo intuirlo en el viento fresco que revolvió sus cabellos, en la insólita humedad de la brisa que acarició su rostro.

Despacio, muy despacio, Aura giró para ver lo que había a sus espaldas. Una inmensa nube se formaba en el horizonte, en medio de ella centelló el relámpago que anunciaba la tormenta.

La Paz, 2012

Bastaba un chillido, uno leve, y todo acabaría. Los soldados de asalto iban a escuchar, después solo tendrían que atravesar aquel laberinto de chatarras acumuladas por varias decenas de años y darían con él, con Luisa y la bebé. ¿Pero cómo haces para callar a una recién nacida sin asfixiarla?

Martínez, sin lugar a dudas, estaba muerto. Si no, habría enviado la señal a tiempo, antes de que los soldados entraran. El viejo guerrillero aguantó hasta el final, atravesó innumerables peligros para llegar al puerto y salvar a la bebé. «Y casi lo había logrado», pensó Ortega, no podía ser que tanto sacrificio, tantas vidas, se desperdiciaran por un solo chillido.

Y estaban tan cerca.

Hacía frío en Nueva Montevideo. Los permanentes cielos de algodón ceniciento eran el remanente de la última guerra, la herencia de la conflagración era aquel mundo escarchado y estéril. Ese era el patrimonio que su generación le legaba a la última niña sobre la tierra, aquella bebé de escasas semanas de nacida. Una tierra de roca y hielo, un gobierno que controlaba hasta el más leve respiro de los ciudadanos, y una guerra despiadada que parecía que jamás vería fin.

Ortega miró a los ojos de Luisa, el pánico era evidente en la mirada de ambos, podían escuchar las pesadas botas de los soldados que avanzaban entre las montañas de hierro retorcido y desechos de un pasado de vanidad y derroche.

La mujer, quien a pesar de su aspecto macilento y agotado,

mostraba los rasgos de la belleza que la había caracterizado muchos años atrás, apretaba contra su pecho a la criatura.

Ortega tenía el corazón trabado en la garganta, si la niña hacía el menor ruido, todo estaría acabado. El dictamen del Gran Consejo era inapelable: ningún menor de 18 años viviría durante la tercera década del Siglo XXII.

El pelotón estaba cada vez más cerca, con el primer llanto de la niña se les echarían encima para acribillarlos, no había posibilidad de apelar, no había futuro, a menos que…

Ortega le indicó a Luisa el acceso a la tubería. Ella asintió. Tratando de no despertar a la bebé, se metió. Es seguro que ella pensó que él la seguiría, que intentarían evadir a los soldados de asalto una vez más, como juntos lo habían hecho en más de un centenar de ocasiones antes. Pero nada de eso ocurrió, en esta oportunidad, Ortega no la seguía. Su hombre corría en dirección contraria, gritando a viva voz «¡Qué viva la revolución!, ¡Muerte al Consejo!»

Los soldados corrieron tras él, la persecución no duraría mucho, después vendrían los disparos, Ortega estaba perdido, pero Luisa y la niña tendrían la oportunidad de escapar, de vivir un día más para derribar el poder del Consejo.

Todo terminó después de unos pocos minutos de disparos y explosiones.

La ceniza cubrió el cuerpo de Ortega, pero otro día vendría y con él, la esperanza.

Tegucigalpa, marzo 2018

Por el bien de todos

El caudillo:

El armisticio fue propuesto por el Gran Consejo. Yo no confiaba en ellos, pero el anuncio fue hecho público, así que la Junta de Comandantes decidió que analizáramos los términos de la tregua para poder participar.

Estamos hartos de la guerra, hace tanto tiempo ya que llevamos peleando, que muchos han olvidado por qué empezó el conflicto. Generaciones han nacido, crecido y muerto entre el humo de las batallas. Ahora, solo nos anima el deseo de venganza; ellos nos matan a diez de los nuestros, nosotros intentamos matar a veinte de ellos, y luego el enemigo hace lo mismo en un ciclo infernal que no acaba.

En eso se ha convertido esta conflagración. La guerra es un bicho que se ceba de nuestras carnes y nos convierte en piltrafas. Por eso, todos queremos una vida nueva.

Las líneas no se han movido un centímetro en los últimos diez años, y cada unos es tan poderoso como el otro dentro de sus fronteras. Además, está todo tan devastado que si llegase a haber un ganador final, no tendrá más que ruinas como botín de su conquista. No hay caso.

Pero tampoco es asunto de entregarnos así como así.

Uno de mis tíos fue el caudillo de nuestro territorio antes que yo. De él aprendí una de las lecciones más importantes sobre el gobierno: «...el principal deber del que gobierna, es seguir gobernando». La frase no es de él, era de Nicolás Maquiavelo, un asesor de los príncipes del renacimiento, pero lo que importa es la innegable verdad en esa frase, no se puede ceder el poder así nomás.

Así que, a pesar de la presión de la Junta de Comandantes, y de mi enorme deseo de poder continuar el resto de mis años en serenidad, la reunión para discutir un tratado de paz y el armisticio, no seguirá el guion del Gran Consejo. Yo seré quien redacte la historia.

Pero no he compartido mis ideas con nadie.

***

El presidente:

La Junta de Comandantes aceptó nuestra propuesta de armisticio. Pensé que la rechazarían. Ahora sí estamos en problemas.

Más de un siglo varados en un conflicto tan sangriento hacen que uno busque soluciones desesperadas. Eso lo comprendo. Pero la peor para nosotros, el Gran Consejo, fue hacerle creer a todos que existía la posibilidad de firmar la paz. Ahora, nuestro pueblo, nuestros enemigos y ambos ejércitos quieren el final de la guerra, y no hay peor negocio que la concordia universal.

El poder no se cede, jamás. Aunque aparente seguir la decisión unánime de los representantes, no voy a entregar lo que ha costado tanta sangre y tantas lágrimas.

Mi primogénito, Elías, yace en una tumba desconocida, en el fondo del lodo de las inacabables trincheras en el frente de guerra. Su madre no pudo llorar sobre su cadáver, sus hermanos no tuvieron la oportunidad de decirle adiós. Nada en el mundo vale la vida de mi hijo. Yo me voy a asegurar de que su sangre no haya sido derramada en balde.

El plan ya está en marcha. Ni el Gran Consejo, ni la Junta de Comandantes pueden detenerlo. Los cobardes que piensan traicionar a nuestros héroes caídos, lo van a pagar con sus vidas. Les voy a cobrar cada clavo de dolor que me cercena la piel a cada segundo del día. Esta guerra se va a acabar, pero no como ellos piensan.

Mis planes son un secreto

***

El dinamitero:

Más de un siglo sin ver el sol. Solo ese manto de plomo deprimente, ese cielo que más parece un charco grasiento en el vertedero de una fábrica de productos químicos. Pero ni el cielo azul, ni el astro del día van a regresar, por lo menos en quinientos años. No tiene sentido soñar con que el mundo será igual al de los días en que los tatarabuelos hacían el amor como las ranas, con la piel empapada, a la orilla de los estanques. Los arreboles, como ovejas doradas, violetas, naranjas, corriendo sobre el suave azul de la bóveda celeste, ya no podrán contemplarse en ningún hemisferio de esta tierra.

El líder tiene razón. Nuestro propósito está en la guerra. Vivimos para y por la guerra. En el momento en que esta deje de existir, todo perderá sentido para nosotros y nuestras vidas se volverán como el plomo del cielo.

Pero él puede contar conmigo. No voy a dejar que nuestro mundo se acabe solo porque un puñado de cobardes sueña con que volverán los días brillantes y las noches estrelladas.

Todo está en su lugar. Acabará en una sola explosión y después, la conquista. No habrá más Junta de Comandantes, ni Gran Consejo. Solo el líder, él será nuestro padre y nuestro protector. El mundo le pertenecerá a los más fuertes, como siempre ha sido y será.

La bomba está donde tiene que estar, ahora solo resta contar: cinco, cuatro, tres, dos, uno...

***

El francotirador:

Todo va a salir bien. Por ella, mi mujer, y por mis hijos, saldrá bien. Ella intuía algo, lo vi en sus ojos cuando salí en la madrugada. Pero no podía decirle nada. El secreto de esta misión debe ser absoluto. Solo el caudillo y yo lo sabemos. Puede que no la vuelva a ver, ni a ella ni a los chicos. Parece mentira que, aun quince años después, la sigo deseando tanto, y ese deseo se hace más fuerte cuando siento el aliento frío de la muerte sobre mi nuca. Por ahora, la misión está ausente de mi mente, pensaré en eso cuando esté en el lugar desde donde haré el disparo. Este momento es para ella, para su piel que es una brisa fresca cuando me envuelve, para su beso que abre una cascada en mi pecho, para la ternura de sus muslos desnudos cercando mis caderas y la humedad de su vientre cuando me deja entrar en el remanso de su gozo. En un par de horas seré el francotirador frío y eficaz en quien el caudillo confía a ojos cerrados, pero en estos instantes antes del disparo solo soy una candela que se derrite por la llama de su amada. En unas horas, quizás esté en el infierno, pero nadie podrá quitarme jamás estos quince años de dicha. Me gusta dibujar encima de su piel, trazos soeces, atrevidos, sobre sus labios vaginales, alrededor de sus pezones erguidos, en remolino hacia el interior de su ombligo, haciendo renglones inquietos sobre la línea divisoria entre sus nalgas que parecen superficie de perlas de exquisito brillo, en vuelo rasante sobre su vello púbico que es un bosque en llamas de color carmín, incandescente, un fuego que me atrae como la mariposa a la hoguera, deliciosa pira en donde quiero arder. No sé qué va a pasar después del disparo, el caudillo dice que será la señal de un nuevo tiempo, que el enemigo será vencido, se derrumbará junto a la traicionera paz con la que quiere engañarnos. A partir de allí se establecerá un nuevo orden en el que nuestra nación será la dueña absoluta de toda la tierra y el enemigo pagará con fuego toda la sangre que nos ha hecho derramar. Fuego. No es como la lumbre de mi amada, que después de hacerme arder me deja con una cálida sensación de placer. No, es un fuego que tras extinguirse deja un frío del que es imposible guarecerse, que se abre paso a través de la piel y la carne y devora hasta el hueso como un gusano con colmillos de hielo y diamante. ¡Cómo vuela el tiempo! Ya vamos a llegar. Mi fusil y yo. Quizás mi último compañero antes de traspasar las puertas de la oscuridad. Para morir he nacido. Lo único que me importa, si vivo después de cumplir mi misión, es volver a ella, a su abrazo, a su beso húmedo, y al calor de los chicos en medio de nuestro hogar.

***

Diario de Nicolás Alberto Medina Garza grabado en su dispositivo *OneMe1500*:

Hoy festejamos el Centenario de la Nueva República. Aquí, en San José, Costa Rica, se hizo un maravilloso despliegue de juegos de luces aprovechando lo último en tecnología *macro-holográfica*. Gigantescas imágenes de los próceres de la unificación se desplegaron sobre el cielo nocturno de la ciudad. Rememoramos el sacrificio del Presidente y el del Caudillo el día en que fueron inmolados por su compromiso de alcanzar la paz y fundar la unidad democrática en el continente.

Cabe decir que no fue una unificación rápida y pacífica. Países como el nuestro no estaban dispuestos a deponer su soberanía tan fácil, pero al fin, gracias a la avasalladora presión de las demás naciones, en particular los Estados Unidos… *siempre los Estados Unidos*, los ticos tuvimos que ceder y contentarnos con decir: «Con mucho gusto». Aquel plan había sido trazado con minucioso detenimiento por parte de los vecinos del norte, desde mucho antes y no iba a ser un pequeño país centroamericano el que se opondría a una estrategia político-económica de mayor alcance. Los dos grandes bandos en oposición, previo a la Unidad, el Consejo Supremo, que regía la parte norte del hemisferio, y la Junta de Comandantes, gobernando el sur, vislumbraban los beneficios del proceso de unificación y nada cambiaría sus proyectos, ni siquiera el oscuro atentado que acabó con la vida de los dos grandes líderes. Al contrario, aquel aciago día no hizo más que acelerar el proyecto.

Federico, mi hijo menor, saltaba de emoción al ver el espectáculo *macro-holográfico*. Las gigantescas imágenes de los héroes, los inmortales próceres que se habían sacrificado por nuestro futuro, llenaban toda la bóveda celeste sobre San José, haciéndonos sentir protegidos por aquellos insignes prohombres. Sin duda, su sangre no se vertió en vano porque de ella surgió esta nueva sociedad de desarrollo y serenidad.

Sin embargo, no puedo dejar de sentir inquietud cuando veo que, a pesar de todos esos sacrificios, aún no hemos resuelto el problema del agotamiento de los recursos naturales, y la Ciencia que es ahora nuestra religión, parece no dar con la respuesta para devolvernos el medioambiente previo a la gran pandemia y el cataclismo. Tal vez las nuevas generaciones, chicos como Federico, den con las soluciones que necesitamos.

Pero, en fin, la sangre de el Presidente y del Caudillo se unió en un solo remanso que regó esta era promisoria y ha levantado una buena cosecha. Por ello, ahora ambos son venerados por siempre en el mausoleo de los héroes, construido en Ciudad de México. Aquel ominoso día también permitió a la Junta y al Consejo la persecución y eliminación de todos los oponentes de la Unificación y enemigos del

progreso. De las cenizas renació la esperanza. ¡Santa paz!
De esa forma surgió el nuevo orden...

Tegucigalpa, 26 de junio, 2020

Ustedes llegaron después de que entrara la melancolía. Así que, la casa ya estaba bajo el dominio de alguien, o mejor dicho, de algo antes de que todos se juntaran para proclamar su señorío sobre cada una de las cosas que perseveraban en su empeño por impedir que este edificio sucumbiera a la tristeza del abandono.

Vinieron tarde, nadie los esperaba, así que fue una sorpresa el bullicio de su llegada; el ruido de los reactores de la aeronave al posarse sobre el pasto ambarino del patio, el zumbido de los escáneres, el inefable estropicio que profetizaban las risas, las carreras acompañadas de gritos infantiles, y los regaños sesudos de prudentes señoras.

Hacía calor. La tarde se derretía, frita a fuego lento bajo la ardiente mirada de un sol taciturno, envuelto en los bochornos de un inclemente abril. Las cigarras rasgaban sus monótonas violas, conjurando las llamas del verano para que no soltaran de su abrazo este rincón del infierno, rodeado de un pasto amarillo, reseco, y de unos montes agrestes, como lomo de cocodrilo. Pero, ni el clima de horno ni el concierto árido de las cigarras, causó en ninguno de ustedes el más leve desánimo.

Entraron como torbellino de polvo, tormenta desértica, invadiendo aquel esqueleto viejo que disimulaba ser el caserón de los viejos terratenientes de antaño, una estirpe maldita cuajada de títulos militares, fusiles de guerra, corsés asfixiantes, frascos de lavanda y pachulí, adolescentes suicidas, poemarios febriles, biblias apolilladas, botes de jaleas podridas y encurtidos rancios.

No obstante, la casa ya estaba tomada. La melancolía, emperatriz de los espacios abandonados, gobernaba aquel reino de memorias vagabundas.

Llenaron los espacios con la impertinente soberbia de quien se cree dueño. Fue entonces cuando repicó la alarma. Esta no era una visita como las otras, pasajera, huidiza. Su actitud dio por sentado que venían a quedarse y ello se volvió más evidente cuando, detrás del barrunto de la gavilla infantil y las voces de mando de los adultos, entró a tropel una horda de criados, con cajones, herramientas de trabajo, escobas, estropajos, trapeadores, cubetas y demás instrumentos del aseo y la restauración.

Avanzaron con paso firme, sin misericordia. No hubo rincón que pudiera servir de reducto para establecer una trinchera o hacer un último frente ante la invasión. Ustedes ya tenían trazado su plan de ataque con la claridad de los más estratégicos mariscales de campo, y las audaces tácticas de los intrépidos generales en el terreno de las acciones.

En el traspatio se amontonaron el pasado con el comején, las antiguallas abandonadas, los muebles inservibles y el polvo insolente. Antes de que el sol nos brindara la misericordia del ocaso, el caserón estaba habitable. El primer grupo invasor ya tenía establecido su perímetro de ocupación.

Fue entonces, evidente la moraleja: nada es para siempre, ni aún la muerte. Aquél cadáver arquitectónico regresaba a la vida y era imposible frenar su resurrección. ¡Mansión, levántate de tu tumba y aloja! Los placeres de la oscuridad serían solo un recuerdo.

Con la tarde, también se fue la melancolía, envuelta en el concierto de las cigarras. La cuestión estaba zanjada. Ustedes eran los amos absolutos, no cabía la menor duda.

Pero de nada sirve llorar sobre la leche derramada. Las cucarachas somos resilientes, sabremos convivir con ustedes, aunque ya no con el agradable confort que brinda una casa vacía.

Tegucigalpa, 2 de julio, 2020

1

Desperté con el sabor amargo del whisky en el paladar, la sensación de tener arena en la garganta, y un dolor de cabeza que se sentía como que me arrancaban a mordiscos el cerebro. Volví la vista hacia el costado y confirmé que mi amante, Lydia Marenkova, aún estaba allí, desnuda, con su piel pálida y luminosa. Convalecía, mucho más afectada que yo por los excesos del alcohol.

Intenté incorporarme, fue inútil. Quedé tendida boca abajo sobre la cama, mi cabeza colgando del borde. Desde mi punto de vista pude distinguir las bragas de encaje blanco de Lydia, su vestido decorado con brillantes, sus zapatos de tacón alto y mi ridícula pijama de Winnie Pooh. Hay aún algo infantil en mí, lo reconozco.

La migraña era un trépano en mi cerebro.

La voz metálica de mi jefe, Benu N'Goyo, terminó de taladrarme los sesos.

—Coronel Carmen Sotomayor, repórtese en el nivel B7 de la nave 3 —el rostro del comandante apareció en mi comunicador *OneMe9000* —.Tenemos un 2-4.

¿Un 2-4? ¡Imposible! pensé mientras me vestía el uniforme de los Guardianes de la nave Neo-Génesis I. Durante más de doscientos años de travesía estelar, jamás se reportó homicidio alguno, menos un 2-4: asesinato con saña brutal.

Antes de salir, tuve el intento de darle un beso a Lydia.

Aquel cuerpo sinuoso, sensual y blanco, indefenso ante cualquier deseo de mis más salvajes perversiones, me tentó. Pero me contuve, odio desplegar señales de ternura.

N'Goyo estaba en la escena del crimen. No era insólito verlo allí, tomando en cuenta que jamás habíamos atendido un caso de asesinato, mucho menos uno como ese, una carnicería. El cadáver, irreconocible, se encontraba en una bolsa.

—Le vamos a realizar un análisis de ADN para identificarlo —dijo el comandante N'Goyo.

—¿No llevaba ropa? —hice la pregunta a sabiendas de que no se veía ningún trozo de tela entre los restos.

—Tampoco identificación —dijo mi jefe, se volvió hacia uno de los oficiales y le preguntó—: ¿Ya le reportaron al gobernador Heine?

El teniente Hakura contestó que aún no lograban localizarlo. N'Goyo entrecerró los ojos. Al ver su expresión pude adivinar que no se venía nada bueno.

—Sotomayor, encárguese de las pruebas de laboratorio y de los resultados del forense. Quiero un análisis a fondo lo antes posible.

Respondí con el saludo militar, mi mano derecha alzada con la palma de la mano extendida.

Media hora más tarde, la doctora Sanguinetti me daba el resultado. Hora del deceso: 03:37. Habían utilizado la trituradora industrial para hacerlo pedazos. La identidad del cadáver: ¡El gobernador Heine!

Los ojos del comandante parecían emitir una descarga eléctrica. El reporte de monitoreo estaba en su lector holográfico: hacían falta varios minutos de vídeo en los archivos, correspondían a las 03:00 horas de aquel día, eso solo podía significar una cosa:

—Fue un miembro de alto nivel del Cuerpo de Guardianes —dijo con un tono de voz seco, metálico.

—Todo apunta a eso, comandante, la cuestión es el motivo ¿Quién lo querría muerto y por qué? —dije sin levantar la vista de mi propio lector—. ¿Y cómo nadie se dio cuenta de que no había cámaras grabando la nave?

—Para eso la he comisionado, coronel Sotomayor, para que encuentre las respuestas —su voz no podía ocultar la irritación.

Sabía a qué atenerme así que no hice más preguntas. El siguiente paso era investigar en la sala de monitores, me dirigí hacia allá.

En el camino recordé que desde que salí del apartamento no hablaba con Lydia y la llamé. Permanecía allí, tendida en la cama, todavía con la resaca de la noche anterior y esperándome para otra ronda de sexo y licor, pero yo, además de estar atareada, aún seguía con náuseas por la sangrienta imagen del cuerpo mutilado. Suficiente para derretir mi libido.

Dos guardianes y yo hicimos una minuciosa inspección de la sala. Salvo la revisión de rutina realizada ayer a las 18:00 horas, nadie más había entrado. No encontramos nada que valiera la pena.

Decidí que fuéramos al apartamento del gobernador y

luego a su oficina. Quizá podríamos encontrar algo allí.

La visita no fue infructuosa. Cuando comenzamos a buscar no dimos con nada relevante. Solo encontramos el leve polvillo que cubría algunos muebles. El gobernador no pasaba mucho tiempo en su oficina, por lo menos, no en la última semana.

Estaba a punto de ordenar que nos fuéramos cuando un pálido brillo llamó mi atención. El objeto estaba junto a la pata de un sofá en el apartamento, era un pequeño brillante. Embalamos la evidencia en un contenedor especial que guardé en mi bolsillo.

Fui con la patrulla de regreso a la escena del crimen. Era una sala de mantenimiento, cerca del tubo de descarga por donde lanzábamos la basura al espacio. El proceso de eliminación de desechos era siempre el mismo: se hacía un registro rutinario del material a expeler de la nave, los datos siempre iban a un informe archivado en el ordenador, se colocaba en la trituradora industrial, ponían todo en una bolsa plástica y se expelía al espacio por el tubo.

N'Goyo ya lo había deducido, que esa debía haber sido la intención del asesino, lanzar los restos al espacio, pero por alguna razón no lo hizo. Las trituradoras fueron revisadas más temprano y, en efecto, encontramos en una de ellas restos de tejido y sangre. ¿Pero, por qué no lo lanzaron al espacio?

Una llamada del forense me sacó de mis cavilaciones. Me solicitó que regresara de inmediato al laboratorio, tenía una pista importante.

En cuanto llegué le di la piedrecilla que encontré en el

apartamento del gobernador. Luego, el forense me mostró la evidencia que él tenía, era una partícula metálica muy pequeña.

—La metí al analizador y encontré algo muy interesante —me dijo—. Se trata de un fragmento de placa de identificación.

—¿Una placa de identificación? —dije sorprendida—. ¿De quién?

—No sabría decirle con exactitud de quién, coronel, pero sí que se trata de la placa de un guardián.

3

N'Goyo se resistía a creerlo, pero todo encajaba: Solo un oficial de alto rango pudo haber entrado a la sala de monitores y deshabilitar el sistema, la primera parte de su plan consistió en evadir las cámaras de vigilancia. Después, el asesino fue en busca del gobernador Heine, discutieron, hubo un forcejeo en donde al homicida se le desprendió el brillante que le entregué al forense. Durante el altercado, mató al gobernador y lo trasladó a la trituradora. Quizá por el nerviosismo o la acelerada ejecución de aquella carnicería, el victimario perdió su identificador, de alguna forma se le cayó a la trituradora. Recogió los restos para lanzarlos al espacio, pero por alguna razón no terminó de ejecutar la acción.

Teníamos muchas preguntas pendientes aún.

—Bueno, hagamos lo más obvio entonces —dijo N'Goyo—, convoque por grupos al personal de seguridad, que todos le presenten su identificador y compare las muestras.

Me llevó toda la tarde revisar a cada uno. Al final, sentía plomo sobre los ojos y la garganta desesperada por un remojón de whisky. Pero el esfuerzo no valió de nada, el resultado no pudo ser más desalentador: la muestra no coincidía con ninguna placa de identificación.

4

Tomé un descanso a las 20:35 horas. Estaba exhausta y además hambrienta. Pensé que encontraría a Lydia en el apartamento, pero cuando llegué, ella ya se había marchado.

Preparé un bocadillo y dispuse acompañarlo con un trago de whisky. Encontré la botella debajo de la cama. «Eres un maldito desastre», me dije a mí misma. Antes de tomar mi trago, me tendí unos minutos en la cama, aun olía al perfume de Lydia y a sexo.

Apreté mi muñeca y apareció la pantalla holográfica de mi dispositivo *OneMe9000*. Marqué el número de Lydia y su imagen se materializó.

—¡Traidora! —fue lo primero que le dije.

—Tú me abandonaste —me dijo con esa sonrisa que te hace recordar a los ángeles en las pinturas renacentistas. Hay algo en las mujeres eslavas que me trastorna.

—¿No te has enterado?

—Sí, ¡es horroroso! —una mueca de dolor se dibujó en el rostro de Lydia. Hacía poco, ella estuvo asignada a la oficina del gobernador y desde entonces mantenía una buena amistad con él.

Traté de continuar la plática, pero la mención del crimen la afectó mucho así que decidí dejarla en paz y colgamos.

Tomé un sorbo de whisky y lo escupí de inmediato, sabía a rayos. «¡Mierda!», pensé, «¡Tengo la bilis en el cogote!»

5

El proyecto Neo-Génesis es el más ambicioso en toda la historia de la exploración espacial. La Tierra agonizaba después de la pandemia que liquidó a más de dos tercios de la población mundial. Luego de un período de guerra y caos, se estableció la Federación Mundial. Ante la rápida degeneración de la atmósfera terrestre y la inevitable extinción de su medioambiente, la Federación determinó emplear todo el conocimiento, recursos y tecnología disponibles para garantizar la supervivencia de la especie humana.

Neo-Génesis I es más que una nave, está estructurada como una compleja ciudad espacial. En su interior alberga el material genético de todos los pueblos de la tierra, conservado por medio de la más avanzada tecnología para crear una colonia humana de veintiséis mil personas en Zarmina, uno de los setenta y ocho planetas habitables explorados ya por sondas que fueron enviadas como avanzada para la colonización.

Este complejo espacial está diseñado con un dispositivo Alcubierre que le permitirá realizar un viaje de casi veinte años luz a más de siete pársecs a velocidad Warp 2, equivalentes a unos novecientos ochenta años surcando el espacio a esa velocidad —que en nuestro mundo equivaldrán a más de ochenta y dos mil años terrestres—, con destino al planeta Zarmina, en el Sistema Gliese 581g, de la Constelación Libra.

El banco de ADN y el procesador genético son su punto más importante ya que al llegar al nuevo planeta, la población de veintiséis mil humanos será producida para habitar la nueva tierra con la primera generación.

A pesar de toda la sofisticación de Neo-Génesis I, se contempló la presencia permanente de un grupo reducido de administradores, guardianes, técnicos, médicos y científicos destinados a la permanente vigilancia de la nave y de su cargamento de ADN humano.

Nosotros, los guardianes, haremos la travesía de casi mil años. Durante ese tiempo moriremos y seremos reemplazados por nuestros clones. Por ello, la reproducción natural está descartada, prohibida, durante el milenial viaje; de hecho, somos creados estériles. Es así como la población de los guardianes se mantiene en balance, mediante un estricto sistema de producción de clones.

De manera continua se fabrica determinado número que reemplaza a los que entran en fase de terminación, a la edad de cuarenta años. A mí me restan nueve, el difunto gobernador tenía treinta y ocho. Todo este proceso de sustitución está cronometrado al detalle, así que nuestra población nunca varía.

Para sobrellevar nuestro tiempo de servicio, se nos ha dotado de la capacidad de disfrutar diversos placeres y entretenimientos, sin que esto afecte nuestra labor, por supuesto.

La muerte no es un inconveniente para nosotros los guardianes. Mediante ingeniería genética, el temor a la desaparición física ha sido suprimido, al igual que la noción de la violencia como mecanismo para alcanzar determinado fin. Por tal razón, el asesinato del gobernador Heine nos tenía desconcertados.

La única explicación de que alguien a bordo pudiera asesinarlo era que se hubiese colado un polizón en la nave. La incógnita era por qué y cómo lo logró, a más de doscientos años luz de la Tierra.

6

Viajaba en el vagón transportador mientras reflexionaba en todo aquello. N'Goyo me quería presente en su oficina en breve, imaginé que tenía alguna pista adicional sobre el asesinato. No me equivoqué.

—Ordené un registro minucioso de todos los documentos de la oficina del gobernador —me dijo al nomás entrar.

—¿Encontró alguna pista? —estaba ansiosa por tener algo más a que asirme ante aquel misterio.

—Heine estaba investigando algo paradójico, una anomalía en el sistema de producción de clones.

—¿Una anomalía? ¿De qué se trata?

—Según los documentos, parece ser que detectó una parte del equipo que no cumple con las especificaciones de fabricación.

—¿A estas alturas? ¿A más de doscientos años en lo más profundo del espacio?

—Así es, un probable caso de corrupción.

Aquella revelación me dejó estupefacta. ¿Cómo era posible? La corrupción era un tema que se suponía haber quedado enterrado junto con el viejo orden mundial tras el periodo bélico.

La Tierra había cambiado, no tenía duda de ello, me explicó N'Goyo, pero el alma humana siempre tendía hacia el mal, y un remanente de aquella generación que llevó a la humanidad a su destrucción, prevalecía en el nuevo mundo.

Tras la catástrofe, grandes grupos de población fueron desplazados a los centros de desarrollo que aún se mantenían. Se produjo una abigarrada mezcla de sociedades de más alta organización y civismo con otras que por siglos mantuvieron estructuras fundadas en la corrupción. Fue así como ese virus moral permaneció latente en la nueva Federación.

La investigación de Heine concluía que el encargado de adquisiciones para el proyecto de máquinas de clonación fue sobornado para aceptar un equipo que no reunía los estándares requeridos. La falla era imperceptible y tardaría siglos en ser detectada, como en efecto ocurrió.

—¿Y en qué resultó la anomalía? —dije con la mirada aun en estupefacción.

—Tenemos entre nosotros clones con desperfectos en su programación genética —me dijo N'Goyo—. No sabemos cuántos, ni tampoco el tipo exacto de falla que presentan, pero sí se han producido.

—¿Cree usted que uno de esos clones asesinó a Heine?

—No tengo la menor duda.

«Un polizón», pensé, «oculto en el corazón mismo de nuestra nave».

—¿Tiene los resultados del análisis de las placas de los guardianes? —la pregunta me sacó de mi estado de asombro.

—Los tendrá mañana a las 07:00 horas.

—Bien, los quiero aquí en cuanto los tenga.

Dejé a N'Goyo en su oficina, de la que salí con una tonelada de preguntas en mi mente.

7

Necesitaba con urgencia un sorbo de whisky, pero recordé el trago amargo de aquella tarde, así que pasé por la unidad de abastecimiento para llevar otro tipo de bebida a mi apartamento. Elegí tequila. Pensar en unos cuantos tragos con sal y limón, me relajó. Y para ponerle la guinda al pastel, me esperaba una grata sorpresa.

Lydia estaba allí, aguardando mi llegada, desnuda, con su palidez perturbadora derramándose sobre la cama con una sensualidad líquida. El solo verla me excitó. Tuvimos sexo por más de una hora. Fue un coito desesperado, caricias y mordiscos, fluidos salivales y vaginales mezclados, gemidos agónicos y palabras soeces, sórdido y tierno a la vez, justo lo que necesitaba para desahogarme de aquel día de plomo.

Ya más relajada, tomé el tequila, abrí la botella y bebí de ella.

—¿No vas a tomar whisky? —me preguntó Lydia con esa tierna voz de ángel que la caracterizaba.

—Sabe a mierda —dije, y le pasé la botella de tequila. Ella tomó un sorbo, luego se limpió los labios con la lengua.

Me lancé sobre su boca. El sabor del licor aún permanecía en su paladar. Eso me excitó aún más. Llevé mis dedos hasta su vagina y no paré hasta sentir mis manos anegadas de su fuente.

Al concluir, nos quedamos dormidas unos cuantos minutos. Lydia acarició mi melena azabache despertándome. Me miraba con una ternura que me calentó y le estampé un beso largo.

—¿Has averiguado algo sobre Heine? —me dijo.

—Muy poco, es algo impensable —acaricié su cabello de rubio platinado mientras me observaba con aquellos ojos pálidos, azules como el frío. No quise seguir con el tema y cambié la conversación—: ¿Te vas a quedar esta noche?

—No puedo.

—¿No puedes? ¿Qué tienes que hacer? —dije sin poder ocultar la frustración en mi voz.

—Yo también tengo cosas pendientes, coronel Sotomayor —me dijo con un tono juguetón y me besó.

Salió de la cama en todo el esplendor de su desnudez. Sus nalgas, redondas a la perfección me invitaban a asaltarla de nuevo, a tirarla sobre la cama para devorarla sin piedad, pero no lo hice, no quise evidenciar mis sentimientos.

8

Me presenté a primera hora en la oficina de mi comandante. A pesar de toda la carga emocional del día anterior, aquella noche había dormido seis horas continuas. Eso me permitió despertar con suficiente vigor para la jornada que tenía por delante.

—Encontraron esto en la red de conducto de vídeo —me dijo. Colocó un pequeño dispositivo de memoria sobre el escritorio.

—¿De qué se trata? —pregunté.

—Ya sabemos cómo el asesino saboteó el sistema de monitoreo.

Lo miré con asombro. N'Goyo prosiguió:

—Hizo un enlace clandestino a un aparato que contenía esta memoria. En ella hay más de una hora de vídeo que muestra la grabación de una jornada normal.

—O sea…

—O sea que los guardias de los monitores observaron el vídeo de otro momento y no el de lo que estaba ocurriendo durante el asesinato.

—¡Fue premeditado!

—Sin duda alguna.

—¿No grabaron cuando el asesino saboteaba el sistema?

—Esos son los minutos que faltan. Logró borrarlos sin que los de monitoreo lo detectaran.

—¡Carajo!

A N'Goyo no le gustó aquella expresión, lo noté en su mirada, pero no me dijo nada al respecto.

—Llévese la memoria y analícela a fondo, cuadro por cuadro —extendió hacia mí la unidad, de poco más de un centímetro de circunferencia, y agregó—: ¿Tiene los resultados de la investigación de la placa?

Oprimí el hueco de mi muñeca para activar mi dispositivo de comunicación y le transmití el informe a la pantalla holográfica de su ordenador de escritorio.

—Ese es el informe. Le adelanto que seguimos a ciegas.

Ninguna de las placas en circulación coincide con la muestra. Es probable que no se trate de un fragmento de placa.

—¡Imposible! Solo las identificaciones oficiales contienen ese tipo de aleación. No hay nada más en toda esta nave que sea de la misma fabricación.

El dolor de cabeza me asaltó a traición. Aquel insoportable trépano se cebó de mi cráneo de nuevo.

—Voy a pedir un doble análisis de laboratorio —le aseguré.

—A más tardar hoy debo hacer un anuncio, a toda la tripulación, sobre lo que está pasando. Necesito datos más concretos para las 14:00 horas, Sotomayor.

Jamás le había escuchado un tono de voz tan seco y pesado a mi comandante, sin duda él también estaba bajo tensión, como yo. Pero era lógico, tampoco nunca antes enfrentamos un asesinato a bordo.

9

Me tomó buena parte de la mañana dedicarme al análisis de la memoria y del fragmento de metal. También pedí copia de la parte del vídeo previa al sabotaje. El dolor de cabeza permaneció terco encima de mí.

A media mañana recibí la llamada de Lydia. Tuvimos una pequeña discusión. Ella me preguntó por los avances de la investigación, yo le respondí que tenía prohibido hablar de ello. Esa fue la espoleta, la rubia explotó indignada acusándome de desconfiar de ella. Entre la presión de N'Goyo, los escasos resultados de la investigación y la jaqueca, yo también reventé. Le colgué a Lydia y me arrepentí de inmediato.

Me tomó casi una hora volver a concentrarme. Ayudó mucho la afortunada intervención de la jefa del laboratorio. Llegó a entregarme los resultados del análisis del pequeño brillante que encontré en la oficina de Heine. La doctora Sanguinetti me explicó que la partícula era una pieza común de uso en sastrería, provenía de un vestido. Le pedí que tratara de buscar alguna traza de ADN en la piedrecilla. Me dijo que ese procedimiento no ofrecía muchos resultados, pero que de todos modos lo haría.

El vídeo que había solicitado llegó unos minutos más tarde. Tenía en mente revisar cada cuadro hasta descubrir algún indicio del saboteador. Confiaba en mi suerte de encontrar algo. No resultó en vano.

Inserté el dispositivo en la ranura de datos de mi ordenador-escritorio y la pantalla holográfica se proyectó de inmediato. Las primeras pasadas que hice del vídeo parecieron descorazonadoras, no logré captar nada. Hice bajar la velocidad varias veces, una y otra vez. Tenía la vista cansada de tantas repeticiones cuando de pronto capté la imagen. Quedé congelada.

¡Era un fragmento de mi particular ropa de dormir!

10

No podía ser yo. ¿Cómo era posible? De inmediato, otra idea cruzó por mi mente. Estaba aterrorizada, sin embargo seguí adelante. Tomé mi placa de identificación, la coloqué sobre el analizador y corrí la prueba. Correspondía con exactitud al fragmento encontrado junto a los restos.

El dolor de cabeza se me hizo más intenso, mis manos se

empaparon de un sudor helado. Aquello era una locura. ¿Por qué habría yo de matar a Heine? No podía ser. Además, yo estaba con Lydia en aquel momento. No lo hice yo, punto.

Un mareo súbito se apoderó de mí. Corrí al baño a vomitar. Mi corazón estaba debocado. La sangre en mis venas se convirtió en hielo. ¿Qué le iba a decir al comandante? ¿Qué yo era la asesina? Todo aquel absurdo me tenía descompuesta cuando cayó la llamada.

—Coronel Sotomayor, ¿tiene más pistas? —sonó la voz de N'Goyo por el parlante.

No pude mentir.

—Ya tengo resultados del análisis del vídeo, y del brillante que hallé en la oficina del gobernador.

—¿Pudo identificar al saboteador?

Lo había admitido, pero no tuve el valor de decirle la verdad completa.

—Hay un indicio, pero aún debo verificar la identidad.

—¿Alguna sospecha en particular?

Parecía como si el corazón me rebotase por todo el cuerpo. La migraña laceraba mi mente.

—Ninguna —le dije con la boca seca.

—Bien, voy a usar eso cuando emita el reporte de las 14:00 horas. Siga investigando. Deme más resultados.

El comandante cortó la comunicación dejándome hundida en una viscosa sensación de vértigo.

11

La conmoción en Neo-Génesis I se propagó como un virus cuando el comandante Benu N'Goyo confirmó que un alto miembro de la seguridad estaba involucrado en el asesinato de Heine. También dejó implícito que sería cuestión de horas para que apresaran al criminal. Vi la comunicación a través de mi ordenador-escritorio, con la náusea atorada en mi cuello y la jaqueca horadando en lo más profundo de mi cerebro.

Lydia volvió a llamar. Tuvo que insistir unas cinco veces antes de que yo le contestara. Ya se le había pasado el enfado, estaba más interesada en preguntarme si era cierto lo que había dicho N'Goyo en el comunicado. Estuve a punto de comenzar la discusión de nuevo, de gritarle que no me estuviera haciendo preguntas sobre la investigación, pero logré aplacarme. La situación en la que me hallaba me disuadió de enredarme en broncas estériles. Así que le contesté a Lydia con un lacónico sí, y ya no insistió más.

Colgué.

En lo primero que tenía que pensar era en un plan de escape. Era cuestión de minutos para que el comandante me pidiera detalles sobre el indicio que había encontrado. Con toda seguridad me iba a pedir el vídeo para verlo él mismo. Así que mi principal objetivo era ahora retrasar al máximo mi propio arresto, para poder encontrar una solución lógica a todo aquel acertijo.

Comencé por escapar de mi oficina.

Al salir, le dije a mi asistente que iba a investigar una pista en el área de monitoreo.

Me dirigí al archivo del gobernador. Era un lugar aislado

en donde podría pensar con tranquilidad y, a la vez, indagar más en las investigaciones de Heine.

Fue un alivio sumergirme en la penumbra de la sala. Aunque la migraña continuaba sin misericordia, la sensación de pánico se había disuelto permitiéndome poner en orden mis ideas.

Repasé los detalles sobre el caso de corrupción que el gobernador investigaba cuando fue asesinado. Aquella palabra no dejaba de dar vueltas en mi cabeza. ¿Cómo era posible que un miembro del gobierno mundial hubiera caído en un acto tan vil? Las catástrofe vivida por la Tierra debía haber sido suficiente disuasivo para no volver a caer en aquellas prácticas deleznables.

Pero ahí estaban las pruebas. Nuestro banco de ADN fue contaminado, no cabía duda. Fue entonces cuando descubrí un detalle aún más ominoso, en ello participaron más personas. Entre los cómplices se hallaba un puñado de científicos que se prestaron para encubrir el crimen.

Mi comunicador *OneMe9000* comenzó a vibrar. Decidí contestar para ganar tiempo.

—¿En dónde está, Sotomayor? —el rostro grave de N'Goyo apareció en la pantalla holográfica.

—Estoy recolectando datos, señor.

—Acabo de ver el vídeo con los instantes previos al sabotaje del monitoreo —me dijo.

Un enorme vacío se apoderó de mi vientre.

—Lo estuve analizando hoy temprano —tuve el valor de decir.

—Hay algo que me inquieta. Necesito que venga a mi

oficina de inmediato.

Las palabras del comandante hicieron que cada músculo en mi cuerpo se tensara.

—Voy enseguida —respondí, pero no tenía la menor intención de presentarme. Era evidente que ya lo habían descubierto.

12

Hice una copia de los archivos, apagué la conexión del *OneMe9000*, y realicé una revisión rápida de los planos de Neo-Génesis I en el ordenador-escritorio del gobernador. Logré detectar un espacio en el que podría ocultarme para hacer un análisis más exhaustivo de las pistas que tenía hasta el momento y de la investigación de Heine. Tenía que resolver aquel misterio antes de mi inminente captura.

Mi escondite se hallaba en el otro extremo de la nave, junto al procesador de antimateria. Era un tramo largo el que debía recorrer. Además, tenía que hacer una parada en mi ruta, debía cubrir todos mis flancos.

Todos mis músculos estaban en tensión esperando ser detenida, en cualquier instante por alguna patrulla. Aún me quedaban más de un centenar de metros de recorrido, cuando la alarma apareció en todas las pantallas holográficas. ¡Alerta! ¡Todas las unidades de seguridad, procedan a la captura inmediata de la coronel Carmen Sotomayor!

Pude escapar por un margen muy estrecho, apenas unos segundos y los guardias me habrían interceptado, pero logré colarme en mi escondrijo segundos antes que un par de guardianes pasaran por el lugar. Justo cuando me ocultaba en mi agujero, alcancé a ver las botas marchando delante de mis ojos.

La cabeza me explotaba, podía sentir las venas hincharse sobre mis sienes. Una pulsación desagradable se apoderó de mi garganta y un hormigueo aterrador recorría mis miembros. Tuve que hacer acopio de toda mi voluntad para sentarme en mi estrecho refugio y activar la función de ordenador de mi *OneMe9000* cuidándome de no activar el comunicador.

Justo a mi lado estaba el panel de conexión que detecté en la revisión de los planos. Establecí un enlace inalámbrico con el *OneMe9000*, respiré profundo, y comencé a repasar los datos en la pantalla holográfica que se proyectaba sobre mi muñeca izquierda.

Perdí toda noción del tiempo sumergida, como estaba, a fondo en mi indagación.

La búsqueda resultó fructífera, así como también dio frutos el mantener mi cabeza fría.

El primer indicio positivo que me brindó aquella calma, fue la conclusión a la que llegué después de revisar mi placa de identificación. El comandante hizo la deducción de que la placa del asesino había caído a la trituradora junto al cadáver, ¡pero yo tenía mi placa intacta! O al menos, eso parecía. Procedí a examinarla y descubrí que en efecto, faltaba un pequeño trozo de la cara interna. Por tanto, era incorrecta la deducción de que la placa se desprendió en un forcejeo.

Por primera vez en la jornada, logré sentir un pequeño alivio del peso que agobiaba mis hombros.

Después tocó el turno al vídeo de monitoreo. No sé cuántas

veces lo repasé intentando descifrar el misterio de mi pijama, pero no hubo ningún resultado alentador.

Después intenté algo más atrevido, una revisión detallada de la oficina de Heine. Me conecté al sistema de monitoreo para hacer una búsqueda minuciosa desde todos los ángulos posibles. Clavé la vista en la pantalla holográfica y revisé cada milímetro de la estancia.

Las horas pasaron sin que yo me diera cuenta, y solo tuve noción de ellas cuando la fatiga comenzó a devorarme las energías. Mis párpados ya no querían obedecerme. Por ratos, pestañeaba dominada por el peso del tiempo.

No sé cómo, pero, de repente, una imagen me hizo entrar en la alerta. Algo que no notamos en ninguna de las inspecciones del lugar. En una esquina del librero pude ver una marca. Hice un acercamiento digital de la zona y pude detectar lo que se nos había pasado por alto, era el borde de un objeto circular. El aire acondicionado hacía que pequeñas motas de material textil formaran una leve capa de polvillo en todas las habitaciones de la nave, tal y como se veía en la repisa del librero, salvo en aquella área en donde estaba la huella del artículo faltante.

De inmediato, hice un análisis de las imágenes previas al asesinato y pude encontrarlo. Se trataba de un busto metálico sobre una base redonda. Era la imagen de Nicolás Copérnico, el célebre astrónomo alemán. Vi con claridad lo que aquello significaba, era el arma homicida. Debía encontrarlo para probar mi inocencia.

Estaba tan absorta y eufórica por mi descubrimiento, que no escuché los pasos afuera de mi refugio, y cuando, de pronto, detonó la explosión, ya era muy tarde.

13

Me detectaron a causa del prolongado uso de las conexiones que hice durante mi investigación. Perdí mi escondite. Fue entonces que pude apreciar la valía de mi entrenamiento militar, y la ingeniería genética que me dotó de la agilidad con la que contaba.

Apenas detonó la primera carga explosiva, yo ya estaba varios metros adelante. Cuando los vigilantes destrozaban el acceso a mi refugio, me escabullía por un ducto de conexión.

Todavía estaba estremecida por las explosiones, mientras me arrastraba entre los escondrijos de la red. Encontré una rejilla que ya estaba contemplada en mis planes de escape. Me colé por ella y caí a un canal de aguas negras. El olor era fétido, pero la sensación de hallarme aún libre era un alivio. Escuché unos disparos arriba. ¡Estaban programados para matar!

No me detuve. Busqué otra conexión que condujera a un nuevo refugio, tan veloz como me lo permitieron mis fuerzas.

Media hora más tarde ya estaba instalada en la otra guarida. Tardarían horas en encontrarme. Para entonces, esperaba tener resuelto el rompecabezas.

Me concentré en la búsqueda del busto de Copérnico. Sabía que el asesino debía haberse desecho de aquella evidencia, sin embargo, el humano no siempre funciona con la lógica, así que decidí comenzar por lo más obvio, buscar en las áreas de actividad de las personas cercanas al gobernador Heine.

Aquello me tomaría poco más de una hora. Hice un acceso clandestino al control de monitoreo, sabía que estarían vigilando a los colaboradores más cercanos a Heine, así como a quienes hubieran tenido contacto con él durante el último año. Activé un enlace para revisar cada espacio posible entre esta selección de personas y dejé a mi computadora haciendo un tamiz comparativo con objetos similares, en los espacios que estos frecuentaban.

Yo me dediqué a estudiar a fondo la investigación de Heine. Buscaba dar con algún nombre que me resultara familiar, o con algún indicio que me ayudara a esclarecer el caso. Mi esfuerzo dio resultados, era una conexión más que obvia. Los involucrados suplantaron la información genética de veintitrés de los especímenes que poblarían Zarmina. Su intención era clonarse a sí mismos para alcanzar a vivir en el nuevo hogar de la humanidad.

El truco era que, en la data alterada, no solo iba el ADN, los especímenes también contenían la memoria y una copia del material cognitivo de los implicados.

La tecnología de copiado y almacenamiento de los archivos mentales tuvo un gran desarrollo en los años previos al lanzamiento de Neo-Génesis I. Se valieron de ello para contrabandear su información dentro del registro genético de la misión. En otras palabras, los conspiradores planearon hacerse inmortales.

El problema era que ninguno de sus nombres coincidía con alguno que me resultara familiar. Sin embargo, ya podía ver con mayor claridad el panorama de aquel intrincado caso.

Este grupo de corruptos suplantó los archivos de veintitrés futuros colonos adjuntándole a la información intelectual sus memorias y conocimientos. De esa manera, al ser incubados renacerían en cuerpos nuevos con sus mentes intactas. Pero también deduje algo más, tenían bajo control a una o a más personas dentro del equipo de guardianes de la nave. Emplearon el mismo proceso de corrupción de datos para contar con la protección de la tropa de seguridad, a través de nuestro viaje de novecientos ochenta años. Pensaron en todo, esta gente era muy astuta y peligrosa.

El, o los conspiradores, eran personas que debían estar cerca del gobernador. Así fue como se enteraron de la investigación y trataron de ocultar la trama eliminando a Heine. Eso me confirmó que yo no andaba errada al buscar el arma homicida entre los allegados a la víctima.

Al reflexionar en aquello, recordé la exploración comparativa en mi ordenador y busqué los resultados. Un hueco de insondable oscuridad llenó mi corazón. No se encontró coincidencia en ninguno de los sitios escaneados.

Un agotamiento adormecedor quiso tomar control de mi mente y mis músculos. Tenía poco tiempo antes de que N'Goyo y su gente me atraparan, seguro me liquidarían en el acto. Matarme no significaría ningún impedimento en las funciones del cuerpo de seguridad, de todos modos, el clon que me suplantaría ya estaba casi listo para tomar mi lugar.

Por otra parte, yo no contaba con nada más que mi hipótesis, no tenía pruebas sólidas mas que aquellas que me involucraban a mí en el asesinato.

Estuve a punto de querer tirar la toalla, dejar que me eliminaran. Quise poder empezar una nueva vida desde cero, sin memoria, sin pasado.

Pero hay algo enraizado en lo más profundo de nuestras reminiscencias, nacido desde lo más remoto de la prehistoria, algo que nos permitió sobrevivir y evolucionar, la fuente misma de nuestra capacidad de adaptarnos y luchar: el miedo. Estaba allí, corriendo en mi flujo sanguíneo, y me hizo despertar del sopor, renunciando a la muerte, aferrándome al último hilo de vida que me quedaba.

Entonces, pensé, a toda la capacidad de mis neuronas, y a mi mente vino la luz, y esta me hizo indagar con mayor ahínco lo que, de pronto, vi que había pasado por alto, algo que no atinaba a entender cómo no se me había ocurrido antes.

14

Ahí estaba ella, en medio de la bodega, iluminada apenas por la tenue luz de las farolas. Se veía esplendorosa en su ajustada ropa de funcionaria administrativa. No me causó sorpresa alguna, pero, debo confesar, me dio dolor verla allí. A pesar de que siempre procuré evitar los sentimientos, ya afloraba en mí una fuerte conexión hacia Lydia. Encontrarla en aquel lugar no significaba más que la evidente traición que tejió a mi alrededor. Era la perfecta viuda negra.

—¿Por qué tienes ese objeto en tu poder? —le pregunté sin quitar mi vista del busto de Copérnico en sus manos.

—Ya sabes la respuesta —dijo Lydia con una frialdad que me provocó náuseas.

—Los guardianes van a llegar a mi misma conclusión una vez que analicen toda la evidencia.

—Lo dudo, Carmen. Todas las pruebas apuntan hacia ti —un brillo maligno iluminó la mirada celeste de mi amante.

—Sí, todas menos una: el motivo. Yo no tenía razones para asesinar a Heine, tú sí. Estás en la lista de los conspiradores, solo que con el nombre que usabas en la Tierra: Petrov Pavlichenko.

—¿Cómo lo dedujiste?

Sonreí, sabía que mi respuesta la confundiría.

—No lo hice, solo adiviné —le dije—. Era el único nombre eslavo en el grupo. Hice una conjetura. Para borrar toda huella cambiaste el género de tu clon, pero no podías cambiar tu historia genética. Muy astuto, pero al venir aquí corroboraste mi hipótesis.

Una llama gélida revelaba la ira en los ojos de Lydia.

—¿Y qué has logrado? Nada —me dijo con desprecio.

—Te he descubierto —mi respuesta resultó demasiado triunfalista. No tenía la menor idea de lo que me aguardaba.

—¿Piensas que iba a ser tan estúpida de venir sola a nuestro encuentro?

—Cuando te llamé guardaba la esperanza de que no fueras tú la asesina. Pensé que acudirías a mi solicitud de auxilio… por amor —debo reconocer que aquellas dos últimas palabras tenían sabor a vergüenza en mi paladar.

—¿Amor? —dijo con una sonrisa que le devolvió su apariencia angelical.

El disparo me dio de lleno en la espalda. El calor intenso de la bala rasgando la piel, partiendo músculos y tendones, me recorrió el cuerpo entero. Caí de rodillas.

—¡Acabemos esto de una vez! —dijo Lydia.

—Tenemos que asegurarnos de que no dejó ningún archivo que nos implique.

¡Era la voz del comandante N'Goyo!

El mundo giraba en mi cabeza, la migraña parecía estar devorándome los sesos.

Alguien volteó mi cuerpo. El techo de la bodega se veía distante, muy lejano. Apenas podía percibir la débil luz de las lámparas. Los rostros de Lydia y N'Goyo aparecieron ante mí.

—Se acabó, Sotomayor. No luche más —dijo el comandante apuntándome con su pistola—. Dentro de unos años, su clon estará listo y podrá volver a vivir usted su vida, todos sus placeres, sin sobresalto alguno. Heine también volverá a ser gobernador. Algún día llegaremos a Zarmina y allí se establecerá la colonia sin daño para nadie… y los elegidos gobernarán como debe ser. No tiene nada que ganar. Dígame dónde ocultó sus archivos.

—¡Váyanse a la mierda! —le dije, apenas con un hilo de voz. Me estaba desangrando.

Una cualidad que resaltaba en mi programación era la capacidad estratégica. No por nada le había pedido a Lydia que nos viéramos en la bodega. Lo primero que hice antes de mi fuga, fue pasar por este mismo lugar y ocultar varias cargas explosivas. Apreté el interruptor que llevaba el dispositivo atado a mi muñeca. Lo último que vi fue la mirada de horror en los ojos de Benu N'Goyo. ¡Cómo disfruté ver al hijo de puta aterrorizado mientras lo envolvían las llamas. El recinto se estremeció.

15

Después supe, por lo que me contaron, que las esquirlas mataron a Lydia. Los guardianes la encontraron, tenía el rostro deshecho. A su lado estaba el busto de Copérnico. Supongo que su intención era colocar mis huellas digitales en el objeto para respaldar la tesis de que yo era la asesina.

A mí me encontraron medio muerta. Por fortuna, llegaron a tiempo. La doctora Sanguinetti, la jefa del laboratorio les avisó de inmediato, justo después de que la contacté.

Supuse que ella era de confiar después de que me dio los detalles del análisis de la piedrecilla encontrada en la oficina de Heine. No era de uso común, pocas mujeres a bordo las lucían en sus vestidos, quizás las más vanidosas, Lydia entre ellas. Entonces recordé el sensual traje, con aquellos aditamentos, que ella usó para seducirme la noche del asesinato. Me la jugué, admito que no estaba segura y que la prueba no era contundente, pero me permití ser imaginativa y así fui atando cabos. En todo caso, de lo que sí estaba clara era de que podía confiar en Sanguinetti. Además, ella haría lo correspondiente: llamaría a los guardianes y les daría mi ubicación… y eso era lo que yo quería.

N'Goyo también estaba grave. Lo habían llevado a otra unidad de la estación médica. Deseaban salvarlo para que diera cuenta de su versión.

Pero la evidencia final fue más que rotunda. Los archivos de Heine demostraron la investigación sobre el fraude los clones. Todos los involucrados pertenecían a una secta denominada El Jardín De Odom, fundada casi un siglo antes del gran cataclismo por un tal apóstol Gamaliel. Su propósito era reiniciar una nueva vida eliminando la tecnología avanzada.

Irónico que se valieran de la misma para sus propósitos, pero en fin, el ser humano es disparatado. N'Goyo y Lydia eran los vigilantes programados para proteger la información genética de los suplantadores. Por su cercanía a Heine, Lydia se enteró de la investigación que este iniciara al percatarse de que existía información incongruente en varios bancos de datos. Ambos sabían que eliminar a Heine no les resultaría fácil, la nave contaba con una eficiente vigilancia por vídeo. Así que decidieron usar a alguien con acceso a la red, y que, a la vez, se convirtiera en el chivo expiatorio de su crimen. En esa parte entré yo en su trama.

Lydia inició una relación conmigo y me envolvió en su telaraña. La noche del asesinato, me drogó, por eso el whisky sabía a rayos. Usó un estupefaciente que le permitió conducir mis movimientos y manipularme a su voluntad. La doctora Sanguinetti encontró trazos de la droga en mi sangre, eso fortaleció mi versión de los hechos ante la comisión investigadora. Mientras yo regresaba al dormitorio, Lydia se dirigió a la oficina para encontrarse con Heine. Discutieron y luego forcejearon. En un descuido de este, le asestó un golpe en la cabeza, pero no lo mató. N'Goyo le ayudó a trasladar el cuerpo hacia la sala de tratamiento de desechos. El gobernador aún estaba con vida cuando lo metieron en la trituradora.

Cuando interrogaron al comandante, este admitió que Lydia intentó lanzar los restos al espacio, pero él se lo impidió. Servirían para levantar un caso contra mí y tener una sospechosa, lo más pronto posible, y así evitarían las indagaciones que provocaría la desaparición del gobernador. Lydia volvió al dormitorio, tomó un fragmento de mi placa y lo llevó a la sala de tratamiento para dejarlo junto al cadáver.

Cometieron varios errores. Al final, eso salvó mi vida.

Se conformó un consejo de supervisión para dirigir la nave. Este determinó la eliminación de N'Goyo. Lo lanzaron al espacio. Su material genético, el de Lydia y el de los demás usurpadores, fue eliminado. Así concluyó su anhelo de vida eterna.

Ahora, mientras reflexiono en todos estos acontecimientos, he llegado a la conclusión de que, al final, un polizón sí se había colado en la nave, un canalla llamado Corrupción.

Tegucigalpa, 13 de mayo 202

INDICE

Impreso en Estados Unidos
para Casasola LLC
Primera Edición
MMXX ©